Luigi Pirandello

Le Livret rouge: Le Livret rouge - Le Devoir du médecin - L'Illustre Disparu - La Lumière d'en face - Dessus et dessous

© 2023 Culturea Editions

Texte et illustration de couverture : © domaine public
Edition : Culturea (Hérault, 34)
Contact : infos@culturea.fr
Retrouvez notre catalogue sur http://culturea.fr
Imprimé en Allemagne par Books on Demand
Design typographique : Derek Murphy
Layout : Reedsy (https://reedsy.com/)

Dépôt légal : janvier 2023
Tous droits réservés pour tous pays

ISBN : 9791041910328

Table des matières

Luigi Pirandello

PIRANDELLO

Conteur, romancier, dramaturge, Luigi Pirandello se définit lui-même un humoriste. Cette étiquette lui convient, mais à condition de ne pas confondre, comme on a coutume de le faire trop souvent en France, humoriste et auteur gai ou auteur comique. L'humour de Pirandello se rapproche beaucoup plus de celui d'un Swift ou d'un Dickens que de celui d'un Tristan Bernard ou d'un Mark Twain. S'il éveille parfois le sourire, plus souvent, il tend à émouvoir, et même jusqu'aux larmes.

C'est à la vérité un humour qui ne ressemble à aucun autre que l'on trouve chez Pirandello, un humour fait d'ironie et de clairvoyance impitoyables, qui, non seulement excelle à discerner l'endroit et l'envers de tous les sentiments humains, la part de drôlerie contenue dans un drame, la part de tragique contenue dans une farce, mais encore et surtout qui s'applique à mettre en lumière l'incessante comédie que chaque homme ou chaque femme se joue à lui-même de sa naissance à sa mort.

Pirandello, sicilien comme Giovanni Verga – il est né à Agrigente en 1867 – montre le même dédain de la rhétorique, de l'emphase, du verbalisme que l'auteur de Cavalleria Rusticana, la même lucidité dans l'analyse, la même sécheresse qui parfois s'enflamme et brûle d'une fièvre contenue. Il est, après Verga, un échantillon de ce Midi italien qui échappe à la volubilité et au lyrisme de l'Orient et tend à une netteté de contour qui rappelle la Grèce.

Chez Pirandello, cette netteté est moins apparente dans la forme même que dans le fond. Son humorisme procède d'une volonté de réalisme total. Il a défini lui-même son humour :

« L'humorisme est un phénomène de dédoublement dans l'acte de la conception ; il est comme un Hermès Bifrons dont un visage rit des pleurs de l'autre visage ». Et ailleurs : « L'artiste ordinaire ne fait attention qu'au corps, l'humoriste au corps et à l'ombre ; et parfois, plus à l'ombre qu'au corps ; il note toutes les plaisanteries de cette ombre, comment tantôt elle s'allonge et tantôt se raccourcit, comme pour faire des grimaces au corps qui, pendant ce temps, n'en tient pas compte et n'y prend pas garde ».

Ce qui donne toute son originalité à Pirandello, c'est que son humorisme n'est pas une simple théorie d'art, un procédé nouveau ou renouvelé d'observer et de peindre les hommes, mais qu'il dérive d'une conception fondamentale de la vie et de la personnalité humaines.

La « dissociation des sentiments », qui est à la base de l'art de Pirandello, n'est pas artificielle, ce n'est pas un pur jeu de dilettante, elle correspond à une réalité profonde, irrémédiable, qui ne peut qu'entraîner tout homme qui réfléchit au scepticisme et au pessimisme absolus. Nous ne sommes pas maîtres de nos pensées, de nos sentiments, de nos volontés, nous ne sommes pas maîtres de notre personnalité. Nous sommes soumis aux lois de l'univers, à toutes sortes d'influences physiques, ataviques, etc., et surtout – c'est là le domaine favori de Pirandello – nous n'avons aucune existence personnelle, nous n'existons qu'en fonction des autres, nous jouons le personnage que notre entourage, notre métier, la société nous imposent et nous arrivons à ne plus savoir ce que nous sommes, si notre véritable personnalité est celle dont nous rêvons, celle que nous vivons ou celle que nous simulons devant les autres. Bien plus, nous ne connaissons de nous-mêmes que l'idée que nous en prenons. Parti de la « dissociation des sentiments » Pirandello s'est très vite consacré exclusivement à l'étude de la « dissociation de la personnalité ». Tous ses contes, tous ses romans, tous ses drames, ont pour sujet des

« dissociations de personnalité », *simples au début, mais qui sont devenues de plus en plus complexes, surtout depuis que Pirandello a abordé le théâtre. Le roman qui a établi la renommée de Pirandello en Italie, en 1904, Feu Mathias Pascal, est au point de départ de cette étude. Mathias Pascal est un pauvre homme qui fuit, loin d'une épouse et d'une belle-mère acariâtres, vers l'Amérique. Il s'arrête en route à Monte-Carlo, risque ses derniers sous à la roulette. Il y rencontre la fortune. Mais on a retrouvé le lendemain de son départ, dans la petite rivière qui traverse son village, un noyé qu'on a pris pour lui et enterré sous son nom. Mathias décide alors de vivre en marge de l'état-civil, libéré de tous les préjugés et de tous les liens sociaux. Et c'est ici que commence le véritable roman : dépouillé de sa personnalité sociale, il n'est plus rien, ni personne. Il est volé, mais comment porter plainte quand on n'a plus d'état-civil ? Il rencontre une femme qu'il aime et dont il est aimé, mais comment l'épouser ? Il se décide après maintes péripéties à rentrer dans son village et à se faire réintégrer dans sa « personnalité » première.*

Un des derniers drames de Pirandello met en scène une femme qui a abandonné, autrefois, son mari et sa petite fille et qui, quinze ans après, est retrouvée et recueillie par son mari qui lui pardonne et lui rend sa place au foyer. Mais, comme il a toujours fait croire à sa fille que sa mère était morte et l'a élevée dans le culte de cette mère disparue, un subterfuge est nécessaire : il feint de se remarier. La haine de la fille pour sa mère, qu'elle croit sa marâtre, crée un drame extrêmement émouvant.

Ces trop longues explications n'étaient peut-être pas inutiles pour donner aux nouvelles qui suivent leur véritable physionomie. Leur forme les apparente à l'art d'un Maupassant, mais leur contenu est profondément différent.

Le Livret rouge *dissocie une « personnalité » de mère : une femme qui, par amour maternel, tue un enfant.* Le devoir du médecin, *montre les interprétations multiples et contradictoires données d'un même fait par chacun des acteurs et des spectateurs du drame.* Dessus et dessous *formule une interprétation générale de la vie, dérivant de l'interprétation d'une destinée particulière.* L'Illustre Disparu *montre la différence entre l'idée qu'un homme se fait d'une chose et la réalisation de cette chose.*

On aurait tort pourtant de voir dans Pirandello un idéologue, un philosophe : c'est avant tout un créateur. La variété de ses sujets, de ses héros – on le verra en lisant les pages qui suivent – est extraordinaire. Personne n'a peint avec plus de force et de vérité les Italiens d'aujourd'hui, et en particulier la bourgeoisie, ce mélange unique d'ardeur, de finesse, de crédulité, de passion, de positivisme, de poésie et de pharisaïsme, qui fait de l'Italien moyen un être complexe et presque indéchiffrable. On aimera aussi la sympathie émue dont Pirandello sait envelopper ses tristes héros.

Benjamin CRÉMIEUX

LE LIVRET ROUGE[1]

---

[1] *Il libretto rosso*. Première publication dans le *Corriere della serra*, 2 octobre 1911 ; reprise dans le recueil *Terzetti* (Trios), Milan, Treves, 1912 ; rassemblée dans *Novelle per un anno, Il Viaggio* (*Nouvelles pour une année, Le Voyage*), Florence, Bemporad, 1928, vol. XII.

Nisias. – Un gros village qui bourdonne sur une plage étroite au bord de la mer de Sicile.

Naître dans de mauvaises conditions, n'est pas une prérogative exclusive des hommes. Les villages non plus, ne naissent pas comme ils veulent, ni où ils veulent, mais là où quelque nécessité naturelle engendre de la vie. Alors si un trop grand nombre d'hommes, attirés par cette nécessité, accourent en ce lieu, s'ils s'y reproduisent en trop grand nombre, si, enfin, la place y est trop mesurée, il s'ensuit que le village en question ne saurait avoir une croissance normale.

Nisias, pour grandir, a dû se hisser, maison par maison, le long des mornes pentes escarpées du plateau voisin, qui, un peu au delà du bourg surplombe, menaçant, la mer. Nisias aurait pu s'étendre à son aise sur ce plateau vaste et bien aéré, mais aurait dû pour cela s'éloigner de sa plage. Et un beau jour, peut-être, un beau jour, aurait-on vu quelque maison, plantée de force là-haut, redescendre sur la plage, coiffée de ses tuiles et bien serrée dans le châle de son crépi. C'est que, sur la plage, la vie bouillonne.

Sur le plateau, les gens de Nisias ont placé leur cimetière. Les morts ont de quoi respirer.

– Nous respirerons là-haut, disent les gens de Nisias.

Ils parient de la sorte parce qu'en bas, sur la plage, on ne respire point au milieu du trafic bruyant et poussiéreux du soufre, du charbon, du bois, des céréales, des salaisons, non, on ne respire pas. Ceux qui veulent respirer doivent aller là-haut ; ils y vont quand ils sont morts, et s'imaginent qu'une fois morts, ils respireront.

C'est une consolation.

* *
*

Il faut être indulgent pour les habitants de Nisias, car il n'est guère facile de se montrer honnête quand on se trouve dans une aussi mauvaise situation.

Dans ces pauvres maisons pressées les unes contre les autres, véritables tanières, plutôt que logis humains, fermente une horrible puanteur lourde, humide, âcre, qui corrompt petit à petit la plus solide vertu. Pour aider à cette corruption de la vertu, entendez pour augmenter la puanteur, il y a les gorets et les poules ; il y a de plus, assez souvent, un petit âne qui piétine dans sa litière. La fumée ne sait par où sortir et stagne dans ces bouges, noircissant plafonds et murailles. Et du haut des mauvais chromos encrassés de suie, les saints protecteurs qu'on a pendus aux murs, font des grimaces de dégoût.

Les hommes se rendent moins bien compte de cet état de chose, embrigadés et abrutis tout le jour comme ils le sont sur les quais ou sur les navires ; les femmes, elles, en sont pénétrées ; elles en deviennent comme enragées, et on dirait que le meilleur moyen qu'elles aient trouvé de passer leur rage, soit de faire des enfants.

C'est effrayant ! L'une en a douze, une autre quatorze, une autre seize... Il est vrai d'ailleurs, qu'elles ne parviennent pas à en élever plus de trois ou quatre. Mais ceux qui meurent au maillot, aident à grandir et à s'établir les trois ou quatre survivants, faut-il dire plus heureux ou plus malheureux que les autres ? Chaque femme, en effet, aussitôt après la mort d'un bébé, court à l'hospice des enfants assistés, et prend un nourrisson, qu'escorte un livret rouge, lequel vaut six francs par mois, durant pas mal d'années.

À Nisias, tous les marchands de toile et en général tous les marchands d'étoffes sont des Maltais. Même s'ils sont nés en Sicile, ce sont des Maltais. : « Aller chez le Maltais », signifie à Nisias, aller se pourvoir de toile. Et les Maltais armés de leur demi-mètre font à Nisias des affaires d'or : ils accaparent ces fameux livrets rouges ; ils donnent en échange d'un livret deux cents *lires* de marchandises : un trousseau de mariée. Les filles à Nisias se marient toutes ainsi, grâce aux livrets rouges des enfants assistés, qu'en retour leurs mères devraient allaiter.

Il fait beau voir, à la fin de chaque mois, la procession des Maltais ventrus et taciturnes, en pantoufles brodées et casquette de soie noire, un large mouchoir rouge d'une main et de l'autre leur tabatière de corne ou d'argent, se présenter à la Mairie de Nisias, chacun avec sept ou dix ou quinze de ces livrets rouges. Ils s'asseyent en file sur le banc du long corridor poussiéreux où s'ouvre le guichet des paiements, et chacun attend son tour, en somnolant pacifiquement, en se bourrant le nez de tabac, en chassant les mouches, tout doux, tout doux. Le paiement des mois de nourrice aux Maltais est désormais traditionnel à Nisias.

– Marenga (Rose), crie l'employé.

– Présente, répond le Maltais.

* *
*

Marenga Rose de Nicolao est célèbre à la Mairie de Nisias. Voilà plus de vingt ans qu'elle alimente l'usure des Maltais d'une série ininterrompue de livrets rouges.

Combien a-t-elle perdu d'enfants au maillot ? Elle-même n'en sait plus le compte. Elle en a élevé quatre, quatre filles. Trois sont déjà mariées. Et maintenant, elle a fiancé sa quatrième.

Mais on ne sait plus, véritablement, en la regardant, s'il s'agit d'une femme ou d'un tas de chiffons ; si bien que les Maltais auxquels elle s'était adressée pour ses trois aînées, se sont refusés à lui faire crédit pour la dernière.

— *Gnora Rosilla,* vous n'y arriverez pas.

— Moi ! je n'y arriverai pas, moi ?

Elle s'est sentie offensée dans sa dignité de bête de race si longtemps bonne laitière, et, comme on ne discute pas avec les Maltais taciturnes, elle a hurlé férocement devant leurs boutiques.

Puisqu'à l'hospice on lui a confié un enfant trouvé, cela ne veut-il pas dire qu'on l'a reconnue capable de l'allaiter ?

Mais à cet argument, les Maltais, dans l'ombre, derrière le comptoir de leur boutique, ont souri dans leur barbe en hochant la tête. On peut supposer qu'ils n'avaient pas grande confiance dans le médecin et dans l'adjoint au maire chargés de veiller sur le sort des enfants-assistés. Mais non. Les Maltais savent qu'aux yeux du médecin et de l'adjoint, la tâche d'une mère qui a une fille à établir et ne peut y parvenir que grâce à un livret rouge, est autrement lourde et mérite beaucoup plus d'égards que celle d'élever un enfant trouvé : celui-là, s'il meurt, qui en aura du chagrin ? et qui s'en plaindra, s'il souffre ?

Une fille est une fille, un nourrisson de l'hospice, un nourrisson de l'hospice. Et, d'ailleurs, si la fille ne se marie pas, il est à craindre qu'elle ne contribue à son tour à augmenter le nombre des enfants assistés dont la Commune devra se charger par la suite.

Mais si la mort d'un enfant assisté est une bonne fortune pour la Commune, c'est de toutes façons pour le Maltais une mauvaise affaire, même quand il réussit à récupérer la marchandise livrée à crédit, Aussi n'est-il point rare de voir à certaines heures de la journée, sous couleur de faire un petit tour de promenade, les Maltais se livrer à des rondes d'inspection dans les ruelles sales toutes grouillantes d'enfants nus, terreux, brûlés par le soleil, de gorets crayeux et de poules, tandis que d'un seuil à l'autre bavardent et plus souvent se querellent toutes ces mères à livrets rouges.

Les nourrissons sont exactement de la part des Maltais l'objet des mêmes soins que les gorets de la part des femmes. Certains Maltais, au comble de la consternation, sont allés jusqu'à faire donner le sein par leur propre femme, une demi-heure chaque jour, à des nourrissons trop amaigris.

Passons. Rose Marenga a trouvé finalement un Maltais de seconde catégorie, un petit Maltais débutant qui a promis de lui avancer en plusieurs fois, non pas comme à l'ordinaire, deux cents francs de marchandises, mais cent-quarante seulement. Le fiancé et ses parents s'en sont contentés, et l'on a décidé les épousailles.

Et maintenant un nourrisson affamé, dans une sorte de sac tendu sur des cerceaux d'osier, accroché par deux ficelles, dans un coin de la bauge, hurle du matin au soir, tandis que la fille de Rose Marenga, Tuzza, la fiancée, « fait à l'amour », avec son épouseur, rit, coud son trousseau, et de temps en temps tire la ficelle pendue à ce berceau primitif qu'elle balance :

– Là, là, beau petit, là, là... Vierge sainte, que ce nourrisson est « rétique » !

« Rétique » vient d'hérétique et signifie inquiet, irritable, ennuyeux, grognon. On ne peut nier que ce soit là pour les chrétiens une manière aimable de juger les hérétiques. Un peu de lait, et ce poupon deviendrait chrétien sur-le-champ ! Mais la mère Rose en a si peu, de lait...

Il faut bien que Tuzza se résigne à arriver à ses noces avec cet accompagnement de cris désespérés. Si elle n'avait pas eu à se marier, mère Rose, cette fois, en conscience, n'aurait pas pris un nourrisson de l'Assistance. C'est pour Tuzza qu'elle l'a pris ; c'est pour Tuzza que le petit pleure, pour qu'elle puisse « faire à l'amour ». Et l'amour a tant de puissance qu'il empêche d'entendre les cris d'un affamé.

Le fiancé, qui est débardeur au port, vient le soir, après sa sortie du travail ; et si la nuit est belle, la mère, la fille, le fiancé vont sur le plateau respirer au clair de lune ; le nourrisson reste seul au noir, dans la tanière close, à hurler suspendu dans son semblant de berceau. Les voisins l'entendent avec ennui, avec irritation, avec angoisse, et, par pitié, tous sont d'accord pour lui souhaiter la mort. Mais aussi, ces hurlements ininterrompus, c'est à vous couper la respiration.

Le goret lui-même en est incommodé, il en renâcle et il en grogne. Rassemblées sous le four, les poules s'en épouvantent.

Que chuchotent les poules entre elles ?

Plusieurs ont déjà couvé et naguère, elles ont éprouvé l'angoisse de s'entendre appeler de loin par quelque poussin égaré. Les ailes battantes, la crête dressée, elles se sont jetées dans toutes les directions et ne se sont pas arrêtées avant de l'avoir retrouvé. Comment se faisait-il donc que la mère de ce petit, qui certainement était égaré, n'accourût point à ces appels désespérés ?

Les poules sont si bêtes ; elles couvent jusqu'aux œufs que les autres ont pondus et quand de ces œufs-là naissent des poussins, elles ne savent pas les distinguer de ceux qui sont nés de leurs propres œufs, elles les aiment et les élèvent avec le même soin. D'ailleurs, elles ignorent que les poussins humains ne se contentent pas de la chaleur maternelle, mais qu'il leur faut en outre du lait. Le goret le sait bien, lui, qui a eu besoin de lait aussi et qui en a eu, oh ! qui en a eu tellement, car sa mère, toute truie qu'elle fût, lui en donnait nuit et jour, de tout cœur, tant qu'il en voulait. Aussi n'arrive-t-il pas à imaginer qu'on puisse crier de la sorte par manque de lait, et, tournant dans la tanière sombre, il proteste par ses grognements de goret repu contre le petit suspendu dans son berceau, « rétique » pour lui aussi.

Allons, petit, laisse dormir le goret dodu qui a sommeil ; laisse dormir les poules et le voisinage. Sois bien persuadé que ta mère Rose te le donnerait, son lait, si elle en avait ; mais elle n'en a pas. Si ta vraie maman n'a pas eu pitié de toi, ta maman inconnue, comment veux-tu que celle-ci te plaigne maintenant ? Sa pitié, elle en a besoin pour sa fille. Laisse-la donc prendre l'air là-haut après sa terrible journée de rudes fatigues, et se ré-jouir du contentement de sa fille amoureuse, qui se promène au clair de lune, au bras de son fiancé. Si tu savais quel voile lumi-neux, tissu de rosée et tout sonore de trilles argentins la lune étend au-dessus d'eux ! Spontané, dans cet enchantement déli-cieux, un infini désir de bonté s'épanouit dans son cœur, et Tuz-za se promet d'adorer ses enfants.

Allons, pauvre petit, fais une tétine de ton petit doigt, et suce-le, oui, suce-le et endors-toi. Ton petit doigt ? Oh ! mon Dieu ! Qu'est-ce que tu as fait ? Le pouce de ta main gauche est devenu si gros que pour un peu, il n'entrerait plus dans ta bouche : il est devenu énorme, ce doigt, dans ta grêle petite main raidie et glacée, lui seul est énorme dans tout ton frêle corps. Avec ce pouce dans ta bouche, on dirait que tu t'es sucé tout entier, jusqu'à ne plus laisser que la peau autour des os de ton squelette. Mais comment, où trouves-tu encore la force de hurler comme tu fais ?

* *
*

Quel miracle ! En revenant du clair de lune, la mère, la fille, le fiancé trouvent ce soir, dans la bauge, un profond silence.

– Taisez-vous, s'il vous plaît ! recommande la mère aux fiancés qui voudraient s'attarder à causer encore sur le pas de la porte.

Taisons-nous, oui ; mais Tuzza ne peut réprimer de petits rires à certains mots que son fiancé lui murmure à l'oreille. Des mots ou des baisers ? Sans lumière, on peut s'y tromper.

Mère Rose est entrée dans la tanière ; elle s'est approchée du berceau ; elle prête l'oreille. Silence. Un rayon de lune s'est allongé à terre comme un spectre, dans l'ombre de la porte jusque sous le four où sont nichées les poules. Plusieurs en sont incommodées et piaillent par là-dessous. Au diable ! et au diable le vieux mari, qui rentre du cabaret ivre comme toujours et qui bronche sur le seuil pour éviter les deux fiancés.

C'est étrange. Aucun bruit n'éveille le petit. Et cependant, il a le sommeil si léger que le vol d'une mouche suffit à l'éveiller.

Mère Rose est consternée : elle allume la lampe ; elle regarde dans le berceau, elle allonge le bras avec précaution une main vers le front du poupon et soudain pousse un cri.

Tuzza accourt ; mais le fiancé demeure perplexe et interdit devant la porte. Que lui crie donc la mère Rose ? De venir délier tout de suite une des ficelles qui, dans le coin soutiennent le berceau ? Et pourquoi faire ?

Allons ! vite, vite ! Elle sait bien pourquoi, mère Rose ! Mais le jeune homme, glacé tout à coup par le silence mortel du petit, ne peut plus faire un pas, et il reste sur le seuil à regarder, troublé et sombre. Et mère Rose, alors, avant que les voisins n'accourent bondit sur une chaise et détache la corde, en criant à Tuzza de vêtir le petit cadavre.

Quel malheur ! Quel malheur ! La ficelle s'est détachée, qui sait comment ? Elle s'est détachée, et le petit est tombé du berceau, et il est mort ! On l'a trouvé mort, par terre, froid et rigide ! Quel malheur ! Quel malheur !

Toute la nuit, même après le départ des dernières voisines qu'on attirées ses cris, elle continue à pleurer et à hurler ; et à peine le jour suivant s'est-il levé, qu'elle recommence à raconter le malheur à tous ceux qui se montrent sur le seuil.

Tombé, comment cela ? Il n'a pas une blessure, ce petit cadavre, pas un bleu, pas une égratignure. Il n'a qu'une maigreur qui fait frémir, et à sa main gauche, ce doigt, ce pouce énorme !

Le médecin des morts, après la visite, s'en va en haussant les épaules et en faisant la grimace. D'une seule voix, tous les voisins attestent que l'enfant est mort de faim.

Quant au fiancé, qui sait pourtant dans quelle angoisse se débat Tuzza, il demeure invisible. Mais en revanche, voici qu'arrivent sans bruit, les lèvres cousues, glaciales, la mère du jeune homme et sa sœur mariée, afin d'assister à la scène du Maltais, du petit Maltais débutant, qui se précipite en fureur dans la bauge pour reprendre les marchandises livrées à crédit. Rose Marenga s'égosille, s'arrache les cheveux, se frappe du poing le visage et la poitrine, découvre son sein pour faire voir qu'elle a encore du lait ; et elle invoque pitié, miséricorde pour sa fille ; qu'on lui accorde au moins un délai jusqu'au soir, le temps de courir chez le maire, chez l'adjoint, chez le médecin de l'Assistance Publique, par pitié, par pitié !

Et elle se sauve, criant de la sorte, toute dépeignée, les bras au ciel, poursuivie par les sifflets et les lazzis des gamins.

Tous les voisins en ébullition demeurent sur le seuil : ils entourent le petit Maltais qui monte la garde devant ses marchandises, la mère et la sœur du fiancé qui veulent voir comment finira l'histoire.

Une voisine charitable est entrée dans la maison ; aidée de Tuzza qui s'épuise à pleurer, elle lave et habille le petit cadavre.

L'attente se prolonge, les voisins se lassent, les parents du fiancé aussi et tous rentrent chez eux. Seul le petit Maltais reste là en sentinelle, inébranlable.

Toute cette foule se rassemble à nouveau devant la porte, à la tombée de la nuit, quand arrive le corbillard qui doit transporter le petit mort au cimetière.

Déjà on l'a couché dans sa petite bière de sapin, on le soulève pour le mettre sur le char, lorsque au milieu des cris de stupeur de la foule, auxquels se mêlent des lazzis et des sifflets, survient en triomphe, rayonnante, Rose Marenga avec un autre nourrisson sur les bras.

– En voici un, en voici un ! crie-t-elle, en le montrant de loin à sa fille qui sourit à travers ses larmes, tandis que le corbillard s'achemine lentement vers le cimetière.

LE DEVOIR DU MÉDECIN[2]

2 *Il dovere del medico*. Première publication sous le titre *Il gancio* (*Le* Crochet) dans la *Settimana*, 22 juin 1902 ; reprise, sous son titre définitif, dans le recueil *La vita nuda* (La Vie toute nue), Milan, Treves, 1910 ; rassemblée dans *Novelle per un anno, La vita nuda* (*Nouvelles pour une année, La Vie toute nue*), Florence, Bemporad, 1922, vol. III.

I

— Ils sont à moi, pensait Adrienne, en prêtant l'oreille au babil des deux enfants qui jouaient dans la pièce à côté ; et elle souriait tendrement, sans s'interrompre de tricoter d'un crochet rapide un chandail de laine rouge. Elle souriait, n'arrivant pas à se convaincre que ces deux enfants sont bien à elle, sortis d'elle, et que tant d'années déjà, dix ans bientôt, ont passé depuis le jour de ses noces. Est-il possible ! Elle se sent si petite fille encore, et son aîné qui a huit ans, et elle bientôt trente : trente ans, est-il possible ? presque vieille ! Allons donc ! Et elle souriait.

— Le Docteur ? fit-elle soudain, comme si elle s'interrogeait elle-même. Il lui semblait reconnaître dans le vestibule la voix du médecin de la famille ; elle se leva ; son sourire était encore sur ses lèvres.

Ah ! ce sourire, comme il mourut vite, glacé par l'attitude bouleversée, embarrassée aussi du Docteur Vocalopoulo, qui haletait comme s'il avait couru pour venir et dont les paupières battaient nerveusement derrière les gros verres de ses lunettes de myope, qui rapetissaient ses yeux.

— Docteur... Mon Dieu...

— Ce n'est rien... Soyez calme...

— Maman ?

— Non, non ! prononça d'une voix forte le Docteur. Pas votre mère !

– Tommaso, alors ? cria Adrienne. Et comme le Docteur, par son silence, laissait entendre qu'il s'agissait bien de son mari :

– Que lui est-il arrivé ? Dites-moi la vérité... Mon Dieu, où est-il ? où est-il ?

Le Docteur Vocalopoulo étendit les mains en avant, comme pour endiguer les questions.

– Ce n'est rien. Vous allez voir... Une petite blessure...

– Blessé ? Et vous... On me l'a tué ? Adrienne saisit le bras du Docteur, les yeux hagards, comme une folle.

– Mais non, Madame, mais non... Calmez-vous... Une simple blessure... légère, espérons-le...

– Un duel ?

– Oui, répondit avec effort, après une hésitation, le Docteur de plus en plus troublé.

– Oh, mon Dieu, mon Dieu, dites-moi la vérité ! suppliait Adrienne. Un duel ? Avec qui ? Sans m'en rien dire ?

– Vous saurez tout. Mais du calme, du calme : pensons à lui... Où est son lit ?

– Par là..., répondit-elle, étourdie, ne comprenant pas tout d'abord. Puis elle reprit avec une angoisse qu'elle ne contenait plus :

– Où est-il blessé ? Vous m'épouvantez. Tommaso n'est-il pas avec vous ? Où est-il ? Pourquoi s'est-il battu ? Avec qui ? Quand ?... Mais parlez donc...

– Doucement, doucement..., interrompit le Docteur Vocalopoulo, à bout de forces. Vous saurez tout... Pour l'instant, la bonne est-elle dans la maison ? Voulez-vous l'appeler ? Un peu de calme, et de la méthode ; vous n'avez qu'à m'écouter.

Et tandis que, comme dans un songe, elle sortait pour appeler la bonne, le Docteur enlevait son chapeau et passait sur son front une main tremblante, comme s'il s'efforçait de se rappeler quelque chose ; puis, se souvenant tout à coup, il déboutonna son veston, prit son portefeuille dans sa poche et secoua plusieurs fois son stylographe, avant d'écrire une ordonnance.

Adrienne revenait avec la bonne.

– Voilà, fit Vocalopoulo, sans s'interrompre d'écrire. Et dès qu'il eut fini :

– Tout de suite, à la pharmacie la plus proche... Prenez des bouteilles... Non, pas la peine, le pharmacien vous en donnera. Et ne lambinez pas, je vous en prie.

– C'est très grave, Docteur ? interrogea Adrienne, d'un air timide et passionné à la fois, comme pour se faire pardonner son insistance.

– Non, je vous le répète. Ayons bon espoir, répondit Vocalopoulo et pour prévenir de nouvelles questions :

– Voudriez-vous me montrer la chambre ?

– Oui, venez, par ici...

Mais à peine dans la chambre, elle demanda encore, toute tremblante :

– Mais voyons, Docteur, n'étiez-vous pas avec Tommaso ? Il y a bien deux médecins dans les duels...

– Il faudrait transporter le lit un peu plus par là..., fit le docteur, comme s'il n'avait pas entendu.

À ce moment, un bel enfant, au visage hardi, ses longs cheveux noirs et bouclés flottant, entra en courant :

– Maman, une civière ! Que de monde...

Il vit le médecin et s'arrêta net, confus, honteux, au milieu de la chambre.

La mère poussa un cri et écarta l'enfant pour suivre le docteur. Sur le seuil, celui-ci se retourna et la retint :

– Restez là, madame, je vous en supplie ! J'y vais moi-même... Vos larmes pourraient lui faire du mal...

Adrienne s'inclina alors vers le petit qui s'accrochait à sa robe et le serra contre sa poitrine, en éclatant en sanglots.

– Pourquoi, maman, pourquoi ? demandait l'enfant effrayé, qui ne comprenait pas. Puis il se mit à pleurer à son tour.

II

Au bas de l'escalier, le docteur accueillit la civière portée par quatre brancardiers, tandis que les deux agents de police, aidés du concierge, interdisaient l'accès de la maison à la foule des curieux.

– Docteur Vocalopoulo ! criait un jeune homme perdu dans la foule.

Le Docteur, se retourna et cria à son tour aux agents :

– Laissez-le passer, c'est mon assistant. Entrez Docteur Sià.

Les quatre brancardiers soufflaient un peu, tout en préparant les courroies pour la montée. La porte cochère se referma, La foule au dehors tapait contre la porte à coups de poings, de pieds, sifflait, hurlait.

– Eh bien ? demanda le docteur Vocalopoulo à Sià tout hors d'haleine, le visage couvert de sueur. Et la femme ?

– Quelle course, mon cher Maître ! répondit le docteur Cosimo Sià. La femme ? À l'hôpital... je n'en puis plus. Fracture de la jambe et du bras...

– De la congestion ?

– Je le crois, je ne sais pas. Je suis venu au triple galop. Quelle chaleur, *per Bacco !* Je boirais volontiers un verre d'eau...

Le docteur Vocalopoulo écarta un peu la toile cirée qui couvrait la civière pour examiner le blessé ; il l'abaissa aussitôt et s'adressant aux brancardiers :

– Allons, en avant ! Doucement et attention, les enfants, je vous en prie.

Tandis qu'avec toutes sortes de précautions se poursuivait la pénible ascension, à chaque palier les portes des locataires s'ouvraient au bruit des pas, au bruit des paroles brèves et haletantes :

– Doucement, doucement, répétait, à chaque marche ou presque, le docteur Vocalopoulo.

Sià suivait, continuant à s'éponger la nuque et le front, et il répondait aux locataires :

– Monsieur... comment déjà ? Corsi... Quatrième étage, n'est-ce-pas ?

Une dame et une jeune fille, la mère et la fille, montèrent l'escalier à toute vitesse et aussitôt on entendit les cris désespérés d'Adrienne.

Vocalopoulo hochait la tête, contrarié, et se retournant vers Sià :

– Achevez de surveiller la montée, fit-il, et il gravit quatre à quatre les deux étages qui le séparaient de l'appartement des Corsi.

– Allons, chère madame, ayez du courage : ne criez pas ainsi. Comprenez que vous allez lui faire du mal. Je vous en prie, mesdames, emmenez-la par là !

– Je veux le voir ! Laissez-moi ! Je veux le voir ! criait Adrienne en pleurs.

Et le médecin :

– Vous le verrez, je vous le promets, mais pas maintenant... conduisez-la par là.

La civière arrivait.

– La porte ! criait un des brancardiers, à bout de souffle.

Le docteur Vocalopoulo accourut pour ouvrir l'autre côté de la porte, tandis qu'Adrienne, se débattant, entraînait les deux voisines affolées, vers la civière.

– Dans quelle chambre ? s'il vous plaît... Où est le lit ? demanda le docteur Sià.

Par ici, par ici ! fit Vocalopoulo et se tournant vers les deux femmes, il cria : « Mais retenez-la, sapristi ! Vous n'êtes même pas capables de la retenir ?

– Oh ! Seigneur Jésus ! criait la dame du second, petite et trapue, avec une énorme poitrine en se plaçant devant Adrienne, éperdue de douleur.

Les deux agents de police marchaient derrière la civière ; ils s'arrêtèrent devant la porte d'entrée. Tout à coup, dans l'escalier, s'éleva un grand bruit de voix, suivi de pas précipités. Le concierge avait sûrement rouvert la porte cochère, la foule des curieux avait envahi l'escalier.

Les deux agents tinrent tête à l'irruption.

– Laissez-moi passer ! criait dans la presse sur les dernières marches, en se frayant un passage à coups de coude, une dame grande, osseuse, vêtue de noir, le visage pâle, défait et les cheveux secs, noirs encore, malgré son âge et les souffrances manifestes qu'elle avait dû supporter. Elle se tournait de côté et d'autre, comme une aveugle : son regard était, en effet, à demi-éteint entre ses paupières gonflées et mi-closes. Parvenue au haut de l'escalier, jusqu'à la porte, avec l'aide d'un jeune homme bien mis, qui la suivait, elle fut arrêtée sur le seuil par les agents :

– On ne passe pas !

– Je suis la mère ! répliqua-t-elle avec impétuosité et d'un geste sans réplique elle écarta les agents et pénétra dans l'appartement.

Le jeune homme bien mis se coula derrière elle, comme s'il était aussi de la famille.

La nouvelle arrivée se dirigea vers une pièce presque sombre, avec un seul petit soupirail grillé au plafond. Elle ne voyait rien, elle appela :

– Adrienne !

Adrienne, assise entre les deux locataires qui cherchaient gauchement à la réconforter, se dressa en criant :

– Maman !

– Viens, viens, ma fille, ma pauvre fille ! Allons-nous en tout de suite.

La voix de la vieille dame vibrait de douleur et d'indignation.

– Ne m'embrasse pas ! Tu ne dois demeurer ici une minute de plus !

– Oh ! Maman ! Maman ! sanglotait Adrienne, les bras jetés au cou de sa mère.

Celle-ci se libéra et gémit :

– Ma fille, plus malheureuse encore que ta mère !

Puis, surmontant son émotion, elle reprit avec colère :

– Un chapeau, tout de suite, un châle ! Prends le mien... Et allons-nous en immédiatement, avec les enfants... Où sont-ils ? Les pieds me brûlent d'être ici... Maudis cette maison, comme je la maudis !

– Maman, que dis-tu, Maman ? questionna Adrienne, abîmée de douleur.

– Ah ! tu ne sais pas ? Tu ne sais rien encore ? On ne t'a rien dit ? Tu n'as rien soupçonné ? Ton mari est un assassin !

– Mais il est blessé, Maman !

– C'est lui qui s'est blessé, de ses propres mains ! Il a tué Nori, comprends-tu ? Il te trompait avec la femme de Nori... Et elle, elle s'est jetée par la fenêtre.

Adrienne poussa un hurlement et se laissa tomber dans les bras de sa mère, évanouie. Mais sa mère n'y prenait pas garde, et, tout en la soutenant, continuait à dire d'une voix tremblante de rage :

– Pour celle-là... pour celle-là... toi, ma fille, mon ange, qu'il n'était pas digne de regarder... Assassin !... Pour celle-là... comprends-tu, comprends-tu ?

Et elle lui tapotait doucement l'épaule, la caressait, la berçait presque.

– Quel malheur ! Quel drame ! Mais que s'est-il passé ? demandait à mi-voix la grosse dame du second au jeune homme bien mis qui restait dans un coin, un calepin à la main.

– C'est sa femme ? demanda à son tour le jeune homme, au lieu de répondre. Pourriez-vous me dire son nom de jeune fille ?

– Son nom… C'est une Montesani.

– Et son prénom ?

– Adrienne. Vous êtes journaliste ?

– Chut, je vous en prie !… Pour vous servir. Et dites-moi, c'est la mère, n'est-ce pas ?

– Sa mère à elle… Madame Amélie Montesani, oui, Monsieur.

– Amélie, merci, merci… Eh oui, un drame, oui, madame, un véritable drame…

– Madame Nori est morte ?

– Mais pas le moins du monde. Les mauvaises herbes… enseigne le dicton, vous le savez mieux que moi… C'est le mari qui est mort…

– Le juge ?

– Il n'était pas juge, il était substitut du procureur.

– Oui, enfin, ce jeune homme si laid… tout maigriot, un Calabrais, arrivé depuis peu… Ils étaient si amis avec M. Corsi !

– Naturellement, ricana le jeune homme. C'est toujours comme ça, vous le savez mieux que moi… Mais pardon, où se trouve M. Corsi ? Je voudrais le voir… Si vous aviez la bonté de m'indiquer…

– C'est par là… Traversez la pièce et la porte à droite.

– Merci mille fois, Madame. Ah ! une autre question. Combien d'enfants ?

– Deux. Deux amours ! Un petit garçon de huit ans, une petite fille de cinq.

– Encore merci et pardon…

Le jeune homme se dirigea vers la chambre du blessé. En traversant le vestibule, il surprit le beau petit garçon qui, les yeux brillants, un sourire nerveux sur les lèvres et les mains derrière le dos, demandait à un des agents de police :

– Dis-moi, avec quoi il lui a tiré dessus, avec un fusil ?

III

Tommaso Corsi, le torse nu, puissant, soutenu par des coussins, fixait de ses grands yeux noirs et brillants le docteur Vocalopoulo qui avait quitté son veston et, les manches relevées sur ses bras maigres et velus, palpait et étudiait la blessure. De temps à autre, les yeux de Corsi se levaient sur l'autre docteur, comme si, dans l'attente de quelque chose qui allait se briser en lui, il eût voulu lire le signe et la minute de cette rupture dans les yeux des deux hommes. Une pâleur extrême embellissait son mâle visage plutôt rouge d'habitude.

Il fixa sur le journaliste qui venait d'entrer, intimidé et perplexe, un regard fier, comme pour lui demander ce qu'il était et ce qu'il voulait. Le jeune homme pâlit en s'approchant du lit, mais sans détourner ses yeux aimantés par le regard du blessé.

– Oh ! Vivoli ! fit le docteur Vocalopoulo, en se tournant à peine.

Corsi ferma les yeux et poussa un long soupir.

Lello Vivoli attendait que Vocalopoulo se tournât de nouveau vers lui, mais il finit par perdre patience :

– Psst, appela-t-il tout doucement, et, désignant le blessé, il demanda d'un geste de la main comment il allait.

Le docteur haussa les épaules et ferma les yeux, puis d'un doigt, montra la blessure à hauteur du téton gauche.

– Alors, adieu… fit Vivoli, en levant la main, avec le geste de bénir.

Une goutte de sang perla au bord de la blessure et raya longuement la poitrine. Le docteur l'étancha avec un peu de coton puis se parlant à lui-même :

– Où diable s'est logée la balle ?

– On ne le sait pas ? demanda timidement Vivoli, sans quitter des yeux la blessure, malgré sa répulsion. Dis-moi, tu sais le calibre ?

Le docteur Sià prit la parole, avec une évidente satisfaction :

– Neuf… calibre neuf… On peut le déduire de la blessure…

– Je suppose, déclara Vocalopoulo, les sourcils froncés, absorbé dans ses réflexions, qu'elle doit être sous la clavicule… Eh oui, malheureusement, le poumon…

Et il tordit sa bouche.

Deviner, déterminer le chemin capricieux parcouru par la balle, pour l'instant cela seul comptait à ses yeux. Il n'avait plus devant lui qu'un patient quelconque sur lequel il devait exercer son talent, en usant de tous les moyens que lui suggérait sa science : au delà de ce devoir matériel et étroitement délimité, il ne voyait rien, il ne pensait à rien. La présence de Vivoli le fit seulement réfléchir que, Corsi étant très connu dans la ville et le drame ayant mis toute la population sens dessus dessous, il pouvait être utile qu'on annonçât publiquement qu'il était le médecin traitant.

– Vivoli, tu diras que c'est moi qui le soigne.

Le docteur Sià, de l'autre côté du lit, fit entendre une toux légère.

– Et tu peux ajouter, reprit Vocalopoulo, que je suis assisté par le docteur Cosimo Sià : je te le présente.

Vivoli inclina à peine la tête, avec un léger sourire. Sià qui s'était précipité, la main tendue, pour serrer celle de Vivoli, devant ce salut cérémonieux, perdit contenance, rougit, ébaucha un salut de sa main déjà tendue, comme pour dire : « Voilà, cela revient au même. Je vous salue comme ça ».

Le moribond entr'ouvrit les yeux et fronça les sourcils. Les deux docteurs et Vivoli le regardaient avec effroi.

– Nous allons faire le pansement, dit Vocalopoulo, d'une voix empressée, en se penchant vers lui.

Tommaso Corsi secoua la tête sur ses oreillers, puis abaissa lentement ses paupières sur ses yeux sombres, comme s'il n'avait pas compris : telle fut du moins, l'impression du docteur Vocalopoulo qui, tordant encore la bouche, murmura :

– La fièvre...

– Je me sauve, fit tout bas Vivoli, avec un salut de la main à Vocalopoulo et une simple inclinaison vers Sià qui répondit, cette fois, par un signe de tête bref.

– Sià, venez par ici. Il s'agit de le soulever. Il faudrait deux de nos infirmiers... Enfin, nous allons essayer. Je tiens à faire un pansement qui tienne bon.

– On le lave ? demanda Sià.

– Oui. Où est l'alcool ? La cuvette aussi, s'il vous plaît. Bon, attendez... Préparez les bandes. Elles sont préparées ? Alors la glace.

Tommaso Corsi, lorsque le docteur Vocalopoulo commença le pansement, ouvrit les yeux. Son visage s'assombrit, il essaya de la main d'écarter de sa poitrine les mains du docteur, et d'une voix caverneuse, il dit :

– Non, non...

– Comment non ? demanda surpris le docteur Vocalopoulo. Mais un flot de sang empêcha Corsi de répondre et les mots s'étranglèrent dans sa gorge, au milieu d'une quinte de toux. Il retomba, évanoui...

Il fut alors lavé et pansé selon les règles par les deux médecins traitants.

IV

– Non, Maman, non… Je ne pourrais pas.

Adrienne avait repris ses sens et refusait de céder aux injonctions de sa mère. Abandonner la maison de son mari avec les enfants, elle ne le pouvait pas.

Elle se sentait clouée de force sur sa chaise, étourdie et tremblante, comme si la foudre était tombée à ses pieds. Sa mère s'agitait devant elle et la pressait en vain :

– Allons, Adrienne, allons. M'entends-tu ?

Elle s'était laissé mettre un châle sur ses épaules, son chapeau sur sa tête ; elle regardait droit devant elle, comme une mendiante. Elle ne parvenait pas encore à se rendre compte de ce qui lui était arrivé. Que lui disait sa mère ? De quitter la maison ? Comment l'aurait-elle pu, en un moment pareil ? Qu'il lui faudrait tôt ou tard la quitter ? Pourquoi donc ? Son mari ne lui appartenait-il plus ? Le désir de le voir avait disparu. Mais que faisaient dans le vestibule ces deux agents que lui montrait sa mère ?

– Mieux vaut qu'il meure ! S'il vit, il ira au bagne !

– Maman ! supplia-t-elle, en fixant son regard sur elle.

Mais elle baissa les yeux aussitôt pour réprimer ses larmes.

Sur le visage de sa mère, elle relut la condamnation de son mari : « Il a tué Nori ; il te trompait avec la femme de Nori ». Elle continuait à l'ignorer, elle ne pouvait encore ni penser, ni concevoir pareille chose : elle gardait la vision de cette civière et ne pouvait rien imaginer de plus que son Tommaso blessé, peut-être moribond, couché dessus... Tommaso avait donc tué Nori ? Il avait une intrigue avec Angelica Nori et tous deux avaient été surpris par le mari ? Elle réfléchit que Tommaso portait toujours son revolver sur lui. Était-ce pour Nori ? Non : il l'avait toujours porté et les Nori n'habitaient la ville que depuis un an.

Dans le désarroi de sa conscience, une foule d'images s'éveillaient en tumulte : une image appelait l'autre ; elles se groupaient l'espace d'un éclair en scènes précises, s'évanouissaient aussitôt pour s'assembler en scènes nouvelles, avec une rapidité vertigineuse. Les Nori étaient arrivés d'une ville de Calabre avec une lettre d'introduction pour Tommaso, qui les avait accueillis avec l'exubérance qui était le propre de son caractère toujours aimable, avec des airs complices, avec le sourire clair de son mâle visage, où les yeux brillaient, exprimant la plénitude de sa vitalité, son énergie active, infatigable, tout cela qui le faisait aimer unanimement.

Cette nature si vivante, si expansive, qui avait un besoin continuel de se confier presque avec violence l'avait subjuguée, absorbée dès les premiers jours de leur mariage : elle s'était sentie entraînée par la hâte qu'il avait de vivre : une fureur de vie, exactement : vivre sans trêve, sans raffiner sur les scrupules, sans passer son temps à réfléchir : vivre et laisser vivre, en passant par dessus tous les empêchements, en franchissant tous les obstacles. Plusieurs fois, elle s'était arrêtée, au milieu de cette course, pour juger telle action commise par son mari et qu'elle n'estimait pas d'une correction parfaite. Mais il ne lui laissait pas le temps de juger, pas plus qu'il n'accordait d'importance à ses actes. Elle savait qu'il était inutile de lui demander de se retourner pour examiner ses défaillances : il haussait les épaules, il souriait, et en avant ! Il avait besoin d'avancer à tout prix, par n'importe quel chemin, sans s'attarder à peser le bien et le mal ; il demeurait allègre et net, purifié, eût-on dit, par cette activité sans trêve, et toujours joyeux, généreux envers tous, simple et amical envers tous : à trente-huit ans, c'était un grand enfant, très capable de se mettre à jouer le plus sérieusement du monde avec ses deux petits, et, après dix ans de mariage, si amoureux de sa femme qu'elle avait eu à rougir, et tout récemment encore, de gestes impudents commis par lui, devant les enfants ou la bonne.

Et aujourd'hui, d'un coup, cet arrêt foudroyant, cet explosion ! Mais comment se pouvait-il ? La crudité des faits ne parvenait pas encore à dissocier les sentiments qu'elle avait pour son mari : sentiments qui n'étaient pas de simple et solide affection, mais l'amour le plus fort et que son cœur lui disait partagé.

Quelques légères dissimulations peut-être, oui, sous cette tumultueuse exubérance ; mais le mensonge, non, le mensonge ne pouvait trouver place dans sa gaieté constante. Qu'il eût une intrigue avec Angelica Nori, cela ne voulait pas dire qu'il l'avait trahie, elle, sa femme ; mais cela, sa mère ne pouvait le comprendre, elle ignorait tant de choses... Non, il ne pouvait avoir menti avec ces lèvres, ces yeux, ce rire qui réjouissait tous les jours la maison. Angelica Nori ? Elle savait bien ce qu'elle était, même pour son mari : pas même un caprice : rien, rien ! simplement la preuve d'une de ces faiblesses que les hommes ne savent ou peut-être ne peuvent pas éviter... Mais dans quel abîme était-il tombé, entraînant son foyer, sa femme, ses enfants dans sa chute ?

— Mes enfants, mes enfants ! s'écria-t-elle enfin.

Elle sanglotait, les mains sur le visage, comme pour ne plus voir le gouffre qui s'ouvrait devant elle.

— Emmène-les avec toi, ajouta-t-elle, en se tournant vers sa mère. Qu'ils s'en aillent, qu'ils ne voient pas... Mais moi, non, Maman, je reste. Je t'en prie...

Elle se leva, et s'efforçant de contenir ses larmes, elle alla, suivie par sa mère, chercher les enfants qui jouaient ensemble dans un petit cabinet où la bonne les avait enfermés. Elle commença à les habiller en étouffant les sanglots qui la secouaient à chacune des joyeuses interrogations puériles :

– Avec Grand'Mère, oui... Promener avec Grand'mère... Le petit cheval, oui... Le sabre aussi... Grand'mère te les achètera.

Le mère contemplait, le cœur déchiré, sa fille bien aimée, son enfant adorée, si bonne, si belle, pour qui tout était fini désormais, et dans sa haine féroce contre celui qui faisait souffrir sa fille de la sorte, elle aurait voulu lui arracher des mains le petit garçon, tout le portrait de son père, même voix, mêmes gestes.

– Tu es bien décidée à ne pas me suivre ? demanda-t-elle à sa fille quand les enfants furent prêts. Moi, je ne mettrai plus les pieds ici. Tu vas rester seule... La maison de ta mère t'est toujours ouverte. Tu y viendras demain, sinon aujourd'hui. Même s'il ne meurt pas, il...

– Maman ! supplia Adrienne, en montrant les enfants.

La vieille dame se tut et s'en alla avec ses petits-fils en voyant sortir de la chambre du blessé le docteur Vocalopoulo.

Le docteur s'approcha d'Adrienne pour lui recommander de ne pas déranger son mari pour l'instant.

– Une émotion, même légère, pourrait lui être fatale. Qu'on ne fasse rien qui puisse le contrarier ou l'impressionner. Cette nuit, mon confrère le veillera. Si l'on avait besoin de moi...

Il n'acheva pas, il s'était aperçu qu'elle ne l'écoutait pas et qu'elle ne lui demandait pas de détails sur la blessure. Elle avait son chapeau sur la tête comme si elle s'apprêtait à quitter la maison. Le docteur ferma les yeux à demi, hocha la tête, avec un soupir, et s'en alla.

V

Dans la nuit, Tommaso Corsi reprit connaissance. Encore à demi inconscient, accablé par la fièvre, il ouvrait tout grands ses yeux dans la pénombre de la chambre. Une lampe brûlait sur la commode, un miroir à trois faces protégeait le lit de la lumière qui se projetait vivement sur le mur, précisant les dessins et la couleur de la tapisserie.

Tommaso Corsi n'éprouvait qu'une sensation : le lit lui paraissait plus haut et lui permettait de remarquer pour la première fois dans la chambre des choses qui, jusque là, lui avaient échappé. Il voyait mieux l'ensemble du mobilier, immobile et comme résigné, et dans le calme profond de la nuit, il s'en exhalait une sorte de réconfort familier, auquel les riches tentures, qui descendaient du plafond aux tapis, ajoutaient un air insolite de solennité. « Nous sommes là, tels que tu nous as voulus pour la commodité et ton agrément, semblaient dire, au fur et à mesure que Corsi reprenait conscience, tous les meubles, tous les objets qui l'entouraient, nous sommes ta maison ; tout est comme avant ».

Soudain, il referma les yeux, brusquement aveuglé dans la pénombre par un flot de lumière crue : c'était la lumière qui avait incendié l'autre chambre, quand cette femme, avec un hurlement, avait ouvert la fenêtre par où elle s'était jetée.

Il retrouva d'un bloc, horriblement, toute sa mémoire ; il revit tout, comme si tout recommençait à avoir lieu.

Lui, retenu par une instinctive pudeur, ne se décidait pas à sortir du lit tout dévêtu, et Nori, alors, tirait sur lui un premier coup qui faisait voler en éclats le verre d'une image de piété suspendue au-dessus du lit ; il étendait lui-même la main vers son revolver posé sur la table de nuit, et le sifflement de la seconde balle frôlait son visage... Mais il ne se rappelait pas avoir tiré sur Nori : c'était seulement quand Nori était tombé sur le parquet, puis s'était écroulé la tête la première, que sa propre main lui était apparue armée du revolver chaud et fumant encore. Il avait alors bondi hors du lit, et en une seconde, s'était engagée en lui la lutte terrible de toutes ses énergies vitales contre l'idée de la mort ; l'horreur de mourir, d'abord ; puis la nécessité de mourir, enfin un sentiment atroce, obscur, qui s'était imposé, dominant toutes les répugnances, tous les autres sentiments. Il avait contemplé le cadavre, la fenêtre par où cette femme s'était jetée ; il avait entendu la clameur de la rue ; un abîme s'était ouvert en lui : alors la décision violente s'était imposée avec une entière lucidité, comme un acte longuement médité et discuté. Oui, les choses s'étaient passées de cette manière.

– Non, se répétait-il, un instant plus tard, en rouvrant ses yeux brillants de fièvre. Non, puisque je suis chez moi, puisque je suis dans mon lit...

Il lui semblait entendre un brouhaha de voix joyeuses dans les pièces voisines. Il avait fait poser les tentures neuves et les tapis cloués dans l'appartement pour le baptême de son dernier-né, mort à vingt jours. C'était bien cela, les invités revenaient de l'église. Angelica Nori, à qui il donnait le bras, avait appuyé furtivement sa main sur ce bras ; il s'était tourné pour la regarder, étonné, et elle avait accueilli ce regard avec un sourire impudent, un peu fou, et elle avait baissé voluptueusement ses paupières sur ses grands yeux noirs, globuleux, en présence de tout le monde.

– Cet enfant est mort, pensait-il, parce que c'est lui qui l'a tenu sur les fonts baptismaux. C'était aussi un jeteur de sorts.

Des images imprévues, d'étranges et confuses visions, de soudaines fantasmagories, des pensées lucides et précises se succédaient en lui dans un délire intermittent.

Oui, oui, il l'avait tué. Mais par deux fois, cet insensé avait d'abord essayé de l'assassiner, et en se tournant pour saisir son arme sur la table de nuit, lui Corsi, avait crié en souriant : « Que fais-tu là ? », tant il lui semblait impossible que cet homme ne comprît pas, avant de l'obliger à le menacer et à réagir, que c'était une infamie, une folie de vouloir le tuer ainsi, en un pareil moment, de l'assassiner alors qu'il se trouvait là par hasard, que toute sa vie était ailleurs, qu'il avait ses affaires, les choses qui lui étaient vraiment chères, sa famille, ses enfants à défendre. Ah ! le malheureux !

Comment diable, tout d'un coup, ce petit homme louche, laid et falot, cette âme apathique et morne, qui se traînait le long de son existence sans le moindre désir, sans la moindre affection, qui se savait depuis des années et des années trompé sans pudeur par sa femme et ne s'en souciait pas, cet homme qui semblait n'ouvrir les yeux, n'extraire du fond de sa gorge sa voix molle et miaulante qu'au prix d'une fatigue démesurée, comment diable, tout d'un coup, avait-il senti son sang bouillonner et précisément contre lui, Corsi ? Ne savait-il pas quelle femme était sa femme ? ne comprenait-il pas que c'était une chose ridicule, une chose folle et infâme tout ensemble que de défendre soudain à coups de revolver son honneur confié à une femme qui l'avait piétiné durant des années, sans qu'il ait eu l'air de s'en apercevoir ?

Mais combien de fois cet homme avait-il assisté à des scènes où Angelica, sous ses yeux, sous les yeux d'Adrienne, avait cherché à le séduire par ses coquetteries de petite guenon mélancolique. Adrienne s'en était bien aperçue et le mari n'aurait rien vu ? Ah ! ils en avaient bien ri avec Adrienne ! Faire un drame, sérieusement, pour une femme comme celle-là ? Un scandale, plus : leur mort à tous deux ? Oh ! le malheureux, c'était peut-être un beau cadeau qu'il lui avait fait en le tuant ! Mais lui, Corsi... fallait-il qu'il mourût pour si peu de chose ? Sur le moment, avec ce cadavre à ses pieds, affolé par la clameur de la rue, il avait cru ne pas pouvoir se dispenser de mourir. Pourquoi tout n'était-il pas fini ? Il vivait encore dans sa chambre tranquille, couché sur son lit, comme si rien n'était arrivé. Ah ! si tout cela avait pu n'être qu'un horrible rêve ! Non : cette douleur lancinante à la poitrine, qui l'empêchait de respirer... Et puis le lit...

Il étendit tout doucement un bras vers la place voisine ; vide... alors, Adrienne ?... Il sentit à nouveau un abîme se creuser en lui. Où était-elle ? Et les enfants ? L'avaient-ils abandonné ? Seul dans la maison ? Était-ce possible ?

Il rouvrit les yeux : était-il vraiment dans sa chambre à coucher ? Oui : rien de changé. Alors, un doute cruel, dans cette alternative de délire et de lucidité, le mordit : il ne savait plus, en ouvrant les yeux, s'il voyait par hallucination sa chambre remplie de la paix coutumière, ou s'il rêvait quand il refermait les yeux et revoyait, avec une netteté dans la perception qui en faisait presque une réalité, l'horrible tragédie de la matinée. Il poussa un gémissement, et aussitôt un visage inconnu parut à ses yeux ; il sentit une main se poser sur son front. Cette pression le réconforta et il ferma les yeux avec un soupir résigné à ne plus rien comprendre, à ne plus savoir ce qui s'était véritablement passé. C'était peut-être aussi en rêve qu'il entrevoyait ce visage, qu'il sentait cette main sur son front... Il retomba dans le coma.

Le Docteur Sià s'approcha sur la pointe des pieds du coin le plus obscur de la chambre, où veillait Adrienne sans se faire voir.

– Il vaudrait peut-être mieux, dit-il à voix basse, envoyer chercher le docteur Vocalopoulo. La fièvre monte et l'aspect général ne me...

Il s'interrompit, puis demanda :

– Voulez-vous le voir ?

Angoissée, Adrienne, de la tête, fit signe que non. Puis comme elle ne se sentait plus la force de contenir le flot de larmes qui montait à ses yeux, elle se leva d'un trait et s'enfuit de la chambre.

Le docteur Sià referma prudemment la porte pour que les sanglots de sa femme ne parvinssent pas aux oreilles du moribond, puis soulevant la vessie posée sur sa poitrine, il en vida l'eau, la remplit à nouveau de glace, la replaça sur le pansement juste au-dessus de la plaie.

– Voilà qui est fait.

Il observa encore, longuement, le visage du blessé, écouta sa respiration oppressée, puis n'ayant plus rien d'autre à faire et comme s'il lui suffisait d'avoir renouvelé la glace et d'avoir fait ses observations, il revint à sa place, sur le fauteuil, de l'autre côté du lit.

Là, les yeux fermés, il s'abandonnait au plaisir de se laisser envahir peu à peu par le sommeil, éteignant progressivement sa volonté d'y résister, jusqu'au moment où enfin sa tête s'affaissait d'un coup : il entr'ouvrait alors les yeux et recom-

mençait à s'adonner à ce plaisir défendu, qui le grisait doucement.

VI

Les complications redoutées par le docteur Vocalopoulo ne
furent malheureusement pas évitées au malade : la première et
la plus grave de toutes, ce fut une congestion pulmonaire, avec
fièvre à 40°.

Sans aucune préoccupation étrangère à la science, qui le
passionnait, le docteur Vocalopoulo redoubla de zèle ; rien ne
semblait plus lui importer que de sauver à tout prix le moribond.

Il voyait dans les malades confiés à ses soins, non pas des
hommes, mais des cas à étudier : un beau cas, un cas extraordinaire, un cas médiocre ou banal ; tout comme si les maladies
humaines étaient au service de la science et non pas la science à
celui des malades. Un cas grave et compliqué l'intéressait toujours à l'extrême ; il n'arrivait plus à détacher sa pensée de son
malade : il mettait en œuvre les traitements les plus nouveaux
des premières cliniques du monde ; il consultait scrupuleuse-
ment les bulletins, les revues et les compte-rendus détaillés des
essais, des méthodes des plus grandes lumières de la science
médicale, et souvent il adoptait les cures les plus risquées avec
un courage indomptable, une inébranlable confiance. Il avait
acquis de la sorte une grande réputation. Chaque année, il faisait un grand voyage et il revenait enthousiaste des expériences
auxquelles il avait assisté, enchanté des nouvelles connaissances
dont il avait accru son bagage, pourvu des instruments de chi-
rurgie les plus modernes et les plus perfectionnés qu'il rangeait
– après en avoir minutieusement étudié le mécanisme et les

avoir fourbis avec le plus grand soin – dans la grande armoire de verre, en forme d'urne, au beau milieu de son immense cabinet de travail et, après les y avoir enfermés, il les contemplait encore en se frottant les mains, des mains solides, toujours froides, ou en étirant à deux doigts le bout de son nez armé d'une paire de lunettes très fortes qui accentuaient l'austère rigidité de son visage pâle, long, chevalin.

Il amena plusieurs de ses collègues au chevet de Corsi pour étudier le cas, pour en discuter ; il expliqua toutes ses tentatives, plus nouvelles et plus ingénieuses les unes que les autres, mais demeurées encore sans résultat. Le blessé, accablé par la fièvre, demeurait dans un état proche du coma, interrompu cependant par des crises de délire, au cours desquelles, plusieurs fois, déjouant toute surveillance, il avait été jusqu'à tenter d'arracher son pansement.

Vocalopoulo n'avait pas accordé grande attention à ce « phénomène » ; il s'était borné à recommander au docteur Sià de redoubler de vigilance. Il avait pu, grâce à une radiographie de la blessure, extraire le projectile logé sous l'aisselle ; il avait, au risque de tuer le malade, fait des applications de draps mouillés pour abaisser sa température. Il avait enfin réussi ! La fièvre avait baissé, l'inflammation pulmonaire était vaincue, tout danger presque écarté. Aucune récompense matérielle n'aurait pu égaler la satisfaction morale du docteur Vocapoulo. Il rayonnait, et le docteur Sià aussi, complémentairement.

– Mon cher confrère, serrez-moi la main. Cela s'appelle une victoire.

Sià lui répondait d'un seul mot :

– Miraculeux !

L'approche du printemps allait hâter la convalescence.

Déjà le malade commençait à retrouver sa tête, à sortir de l'état d'inconscience où il était si longtemps resté plongé. Mais il ignorait encore, il ne soupçonnait même pas ce qui était advenu de lui.

Un matin, il s'amusa à sortir les mains de son lit et à les soulever, pour les regarder ; il sourit en voyant trembler ses doigts exsangues. Il se sentait encore comme suspendu dans le vide, mais un vide tranquille, suave, irréel. Seuls des détails lui apparaissaient çà et là, dans la chambre : une frise peinte au plafond, le duvet vert de la couverture de laine sur le lit, qui lui remettait en mémoire les brins d'herbe des prés et des parterres ; il concentrait toute son attention sur ces riens, avec béatitude ; puis, avant d'en éprouver de la fatigue, il refermait les yeux, et il était envahi par une griserie douce, à laquelle il s'abandonnait ; il rêvait, plongé dans un ineffable délice.

Tout était fini, tout ; la vie recommençait. Mais n'avait-elle pas été interrompue pour les autres comme pour lui ? Non, non... ah ! un bruit de voiture... Dehors, dans les rues, tout le temps de sa maladie, la vie avait suivi son cours ordinaire...

Il éprouva comme une démangeaison irritante au ventre, à la pensée qui obscurément le préoccupait ; il recommença à contempler le duvet vert de la couverture, qui figurait pour lui la campagne : là, du moins, la vie recommençait vraiment, avec tous ces brins d'herbe... C'était ainsi qu'elle recommençait pour lui. Il allait se remettre à vivre à neuf, entièrement à neuf... Un peu d'air frais ! Ah ! si le médecin avait voulu lui ouvrir un peu la fenêtre... Il appela : « Docteur... »

Sa propre, voix lui fit un étrange effet. Mais personne ne répondit. Il promena son regard autour de la chambre. Personne... Comment cela ? Où était-il donc ? Adrienne, Adrienne !... Une tendresse angoissée pour sa femme le domina, et il se mit à pleurer comme un enfant, avec un désir éperdu de lui jeter les bras autour du cou et de la serrer contre sa poitrine... Il appela encore, au milieu de ses larmes :

– Adrienne ! Adrienne !... Docteur !

Personne ne lui répondait. Affolé, étouffant, il étendit la main vers la sonnette posée sur la table de nuit ; mais il sentit soudain une atroce déchirure qui le laissa un moment sans souffle, le visage blême, contracté par la souffrance ; puis il sonna, il sonna avec fureur. Le docteur Sià accourut avec son air de toujours tomber de la lune :

– Me voici ! Qu'y a-t-il donc ?

– Seul, on m'avait laissé seul...

– Eh bien, pourquoi une agitation pareille ? Je suis là.

– Non, Adrienne. Appelez-moi Adrienne. Où est-elle ? Je veux la voir...

Il commandait à présent. Le visage du docteur Sià s'allongea ; il pencha la tête de côté.

– Pas si vous vous mettez dans un état pareil. Si vous ne vous calmez pas, non.

– Je veux voir ma femme, reprit-il en colère, d'un ton impérieux. Pouvez-vous m'en empêcher ?

Sià souriait, perplexe :

– C'est à dire que... je voudrais... Non, non, taisez-vous : je vais vous l'appeler. Il n'eut pas besoin de l'appeler. Adrienne était derrière la porte : elle sécha tant bien que mal ses pleurs, elle accourut, elle se jeta en sanglotant dans les bras de son mari, comme dans un gouffre d'amour et de désespoir. Il ne connut d'abord que la joie de presser contre lui la bien-aimée : son corps tiède, le parfum de sa chevelure le grisaient. Ah ! qu'il l'aimait, comme il l'aimait… Tout à coup, il l'entendit sangloter. Il essaya de soulever à deux mains cette tête qui se blottissait contre lui ; il n'en eût pas la force et se tourna, pris de vertige, vers le docteur Sià. Le docteur accourut et obligea Adrienne à s'écarter du lit ; il la conduisit hors de la chambre, en la soutenant : sa violente crise de larmes ne s'apaisait pas. Puis il revint vers le convalescent.

– Pourquoi ? demanda Corsi, bouleversé.

Une idée lui traversa l'esprit, comme un éclair.

Sans écouter la réponse du médecin, Corsi referma les yeux, frappé jusqu'à l'âme. Il pensait :

– Elle ne me pardonne pas.

VII

À la nouvelle de l'amélioration, de la guérison prochaine, la surveillance de la police avait augmenté. Le docteur Vocalopoulo, craignant que l'autorité judiciaire lançât trop tôt le mandat d'arrêt, eut l'idée d'aller trouver un avocat de ses amis et des amis de Corsi, que Corsi choisirait certainement comme défenseur, pour le prier de se rendre avec lui au commissariat de police pour donner leur parole que le malade n'essaierait pas de se soustraire à la justice.

Camilio Cimetta, l'avocat, accepta. C'était un homme de soixante ans environ, mince, de très haute taille, tout en jambes. Sur son visage dévasté, jaunâtre et souffrant, deux petits yeux noirs, brillants, d'une vivacité extraordinaire, se détachaient d'étrange sorte. Plus philosophe que légiste, sceptique, accablé par l'ennui de vivre, par les amertumes que la vie ne lui avait pas ménagées, il n'avait jamais rien fait pour acquérir l'extraordinaire renommée dont il jouissait et qui lui avait procuré une richesse dont il ne savait que faire. Sa femme, une admirable créature, mais insensible, despotique et qui l'avait torturé pendant des années, s'était tuée dans une crise de neurasthénie ; sa fille unique s'était fait enlever par un misérable saute-ruisseau à son service et était morte en couches, après avoir subi, une année durant, les mauvais traitements d'un mari indigne. Il était resté seul, sans but dans la vie, et il avait refusé toutes les charges honorifiques qu'on lui proposait et la satisfaction de mettre en valeur dans une grande ville ses dons hors de pair. Et tandis que ses confrères se présentaient au banc de la défense ou de la partie civile, préparés à toutes les chicanes, armés de conclusions ou la bouche pleine de gros mots, lui, qui ne pouvait souffrir la robe que le concierge lui mettait sur le dos, se levait, les mains dans les poches et commençait à parler aux jurés, aux juges, avec le plus grand naturel, sans aucun apprêt, cherchant à présenter avec le plus de netteté possible les arguments qui pouvaient les impressionner le plus ; il détruisait avec une finesse irrésistible, les magnifiques architectures oratoires de ses adversaires, et il réussissait parfois à abattre les cloisons formelles du triste milieu judiciaire ; il y faisait pénétrer, au delà et au-dessus de la loi, un souffle de vie, un souffle douloureux d'humanité, de pitié fraternelle pour l'homme né pour souffrir, pour fauter.

Après avoir obtenu du commissaire la promesse que Corsi ne serait pas emprisonné sans l'assentiment du docteur, Cimetta et Vocalopoulo se rendirent ensemble chez Corsi.

En quelques jours, Adrienne avait changé au point de devenir méconnaissable.

– Voici, Madame, ce cher avocat, dit Vocalopoulo ; il serait bon de préparer peu à peu le convalescent à la dure nécessité.

– Comment faire, docteur, s'écria Adrienne. Il ne semble pas encore en avoir le moindre soupçon. Il est comme un enfant... il s'émeut d'un rien... Il me disait justement ce matin que, dès qu'il pourrait bouger, il voulait partir pour la campagne, passer un mois en villégiature.

Vocalopoulo soupira, en s'étirant le nez selon son habitude. Il réfléchit un instant, puis :

– Attendons encore quelques jours, dit-il. Amenons-lui, en attendant l'avocat. Il n'est pas possible que l'idée du châtiment ne se présente pas à son esprit.

– Vous croyez, cher maître, demanda Adrienne à l'avocat, vous croyez que la peine sera lourde ?

Cimetta ferma les yeux, ouvrit les bras tout grands. Les yeux d'Adrienne s'emplirent de larmes.

Au même moment, on entendit la voix du malade dans la chambre voisine. Adrienne se précipita :

– Vous permettez ?

De son lit, Tommaso lui tendit les bras. Mais à peine eût-il remarqué ses yeux rougis par les larmes, qu'il la prit par un bras, et, y cachant son visage, lui dit :

– Encore, tu ne me pardonnes donc pas encore ?

Adrienne serra ses lèvres tremblantes, de nouvelles larmes coulèrent de ses yeux ; elle ne trouvait pas d'abord la force de lui répondre.

– Non, insista-t-il, sans découvrir son visage.

– Moi, oui, répondit Adrienne, angoissée, timidement.

– Et alors ? reprit Corsi, en fixant ses yeux en pleurs.

Il prit le visage de sa femme entre ses mains.

– Tu le comprends, tu le sens, n'est-ce pas ? dit-il, que jamais, au grand jamais, tu n'as quitté mon cœur, ma pensée, toi, ma sainte, mon grand amour.

Adrienne lui caressait doucement les cheveux.

– Ç'a été une chose infâme, reprit-il. Oui, il est bon que je te le dise pour que tous les nuages soient dissipés entre nous. Une chose infâme de me surprendre à cette minute honteuse de stupide divertissement. Tu le comprends bien, puisque tu m'as pardonné ! Une faute stupide que ce malheureux a voulu rendre énorme, en cherchant à me tuer, tu comprends, par deux fois... Me tuer, moi qui nécessairement, devais me défendre... parce que... tu le comprends ! je ne pouvais tout de même pas me laisser tuer pour cette femme-là, n'est-ce-pas !

– Oui, oui, disait Adrienne en pleurant, pour le calmer, et plus du geste que de la voix.

– N'est-ce pas, continua-t-il avec force, je ne le pouvais pas... pour vous ! C'est ce que je lui ai dit, mais il était comme fou. Il s'était jeté sur moi, l'arme au poing... Et alors, par force, j'ai...

– Oui, oui, répétait Adrienne, en avalant ses larmes. Calme-toi, oui… Ces choses-là…

Elle s'interrompit, en voyant son mari retomber épuisé sur les coussins. Elle appela :

– Docteur !… Ces choses-là, poursuivit-elle avec douceur, en se levant et en se penchant vers le lit, tu les diras… tu les diras aux juges et tu verras que…

Tommaso Corsi se redressa brusquement sur le coude et regarda fixement le docteur et Cimetta qui venaient vers lui.

– Mais moi, dit-il, eh ! oui… le procès…

Il était devenu livide. Il retomba sur le lit anéanti.

– Pure formalité… laissa tomber Vocalopoulo, en se rapprochant du lit.

– Et quelle autre punition, fit Corsi, comme s'il se parlait à lui-même, en fixant au plafond des yeux hagards, quelle autre punition plus forte que celle que je m'étais infligée de mes propres mains ?

Cimetta enleva une main de sa poche et agita l'index négativement :

– Elle ne compte pas ? demanda Corsi. Et alors ?

Il semblait vouloir discuter, mais il reprit :

– Eh oui ! Oui, oui… Le croirais-tu ? il me semblait que tout était fini… Adrienne ! appela-t-il, en lui jetant de nouveau les bras au cou :

– Adrienne, je suis perdu !

Cimetta, ému, hocha longuement la tête, puis s'écria avec colère :

– Et pourquoi cela ? Pour une imbécillité, une passade. Il sera difficile, très difficile, mon cher docteur, de le faire comprendre à cette respectable institution qu'on nomme le jury. Non pas tant pour le fait en soi que parce qu'il s'agit du substitut du procureur. Trompé par sa femme, mais substitut du procureur tout de même... S'il était seulement possible de démontrer que ce pauvre homme connaissait déjà sa situation ! Mais les moyens de le démontrer ? Un mort ne peut être appelé pour jurer sur sa parole d'honneur... l'honneur des morts, les vers les mangent. Quelle valeur peut avoir une induction en face d'une preuve de fait ? Soyons juste, d'ailleurs : chacun a le droit d'accueillir sur sa tête les cornes qui lui plaisent. Des tiennes, mon cher Tommaso c'est clair, il n'en voulut pas. Tu nous dis : « Pouvais-je me laisser tuer par lui ? » Non. Mais si tu voulais qu'il respectât ton droit à la vie, il ne fallait pas lui prendre sa femme, cette guenon habillée en dame ! En agissant comme tu le faisais, – en ce moment, tu t'en rends compte, j'examine quels seront les arguments du ministère public, – tu supprimais ton droit, tu t'exposais au risque et, par conséquent, tu ne devais pas réagir. Tu comprends ? Deux fautes. Premièrement, l'adultère dont tu devais te laisser punir par lui, en sa qualité de mari offensé, et au contraire, c'est toi qui l'as tué...

– Par force ! s'écria Corsi, en levant son visage contracté de colère. Instinctivement ! Pour n'être pas tué !

– Mais aussitôt après, répartit Cimetta, tu as essayé de te tuer de tes propres mains.

– N'est-ce-pas suffisant ?

Cimetta sourit.

– Ce n'est pas suffisant. Cela te retombe même dessus, mon cher. En essayant de te tuer, tu as simplement reconnu ta faute.

– Parfaitement, et je me suis puni !

– Non, mon cher, dit Cimetta avec calme, tu as essayé de te soustraire au châtiment !

– Mais en m'enlevant la vie ! s'écria, enflammé de rage, Corsi. Que pouvais-je faire de plus ?

Cimetta haussa les épaules :

– Tu aurais dû mourir, fit-il. Mais, n'étant pas mort...

– Eh, je serais mort, reprit Corsi, en écartant sa femme et en désignant farouchement le docteur Vocalopoulo, je serais mort, s'il n'avait pas fait de tout pour me sauver !

– Comment... moi ? balbutia Vocalopoulo, pris à parti au moment où il s'y attendait le moins.

– Vous ! Oui, par force ! Je ne voulais pas de vos soins. Vous me les avez prodigués par force, vous avez voulu me rendre la vie. Pourquoi donc s'il faut à présent...

– Du calme, du calme, dit Vocalopoulo consterné, avec un sourire nerveux. Vous vous faites du mal, en vous agitant de la sorte...

– Merci, docteur ! Vous êtes trop aimable... ricana Corsi. Il vous tient tellement à cœur de m'avoir sauvé. Mais écoute, Cimetta, écoute ! Je veux raisonner. Je m'étais tué. Un docteur arrive, ce docteur ici présent. Il me sauve. De quel droit me sauve-t-il ? De quel droit me rend-il la vie que je m'étais enlevée, puisqu'une pouvait pas me faire revivre pour mes enfants, puisqu'il savait ce qui m'attendait ? Vocalopoulo se reprit à sourire nerveusement, mais son visage était sombre.

– Voilà, dit-il, une jolie façon de me remercier. Qu'aurais-je dû faire ?

– Mais, me laisser mourir, s'écria Corsi ; vous n'aviez pas le droit de me soustraire au châtiment que je m'étais infligé, bien supérieur à ma faute. La peine de mort n'existe plus ; et je serais mort, sans vous. Comment vais-je faire à présent ? De quoi dois-je vous remercier ?

– Mais, pardon, nous médecins, répondit Vocalopoulo décontenancé, nous autres médecins, nous avons le devoir d'exercer notre profession. J'en appelle à l'avocat ici présent.

– En quoi votre devoir, demanda Corsi avec une amère ironie, diffère-t-il de celui d'un policier ?

– Que voulez-vous dire ! s'écria Vocalopoulo, profondément troublé, vous voudriez qu'un médecin passât par-dessus les lois ?

– Bien. Vous avez donc servi la loi, reprit Corsi, avec une fougue rageuse. La loi et non pas moi, pauvre que je suis... Je m'étais enlevé la vie ; vous me l'avez rendue par force. Trois, quatre fois, j'ai tenté d'arracher mon pansement. Vous avez tout fait pour me sauver, pour me rendre la vie. Et pourquoi ? Pour que la loi maintenant me l'enlève à son tour et d'une manière plus cruelle. Voilà à quoi vous a conduit votre devoir de médecin. N'est-ce-pas une injustice ?

– Mais pardon, essaya de dire Cimetta, le mal que tu as fait...

Corsi acheva la phrase :

– Je l'ai lavé avec mon sang... Je suis un autre homme à présent. Je viens de naître une seconde fois. Comment pourrais-je rester suspendu à un moment seul de ma vie antérieure qui n'existe plus pour moi ? Suspendu, accroché à ce moment fatal comme s'il représentait toute mon existence, comme si je n'avais vécu que pour lui ? Mais ma famille ? ma femme ? mes enfants à qui je dois donner leur pain, les moyens de réussir ? Mais que voulez-vous donc de plus ? Vous n'avez pas voulu que je meure... Alors, pourquoi ne l'avez-vous pas voulu ? Par vengeance, contre quelqu'un qui s'était tué...

– Mais qui aussi a tué, rétorqua Cimetta avec force.

– J'y ai été entraîné par force, répondit Corsi sans hésiter. Et le remords de ce moment, je me le suis arraché ; en une heure, j'ai expié ma faute, en une heure qui pouvait être longue de toute l'éternité. À présent, je n'ai plus rien à expier ! C'est une autre vie qui commence pour moi, la nouvelle vie que vous m'avez donnée. Il faut que je me remette à vivre pour ma famille, à travailler pour mes enfants. Vous m'avez rendu la vie pour m'envoyer au bagne ? N'est-ce pas là un crime affreux ? Quelle est donc cette justice qui punit à froid un homme qui n'a plus de remords ? Comment pourrai-je, dans une maison de correction, expier un crime que je n'avais jamais pensé à commettre, que je n'aurais jamais commis si je n'y avais pas été poussé, tandis que maintenant, à tête reposée, à froid, ceux qui profiteront de votre science, docteur, qui m'a gardé vivant malgré moi pour me faire condamner, commettront le plus horrible des crimes, le crime de me condamner à l'abrutissement dans une oisiveté infâme, de condamner à l'abrutissement de la misère et de l'ignominie mes enfants innocents ? De quel droit ?

Il redressa son buste, en proie à une rage que le sentiment de son impuissance rendait féroce ; il poussa un hurlement, et il se mit à se déchirer la figure à coups d'ongles ; il se rejeta la tête en avant sur son lit, voulut éclater en sanglots, mais ne le put. Cet effort vain le laissa un instant étourdi, comme perdu dans un vide étrange, dans, un égarement affreux. Son visage griffé était cadavérique.

Adrienne épouvantée se précipita ; elle souleva sa tête ; puis, avec l'aide de Cimetta, tenta de le redresser ; mais elle retira ses mains aussitôt, avec un cri de dégoût et de terreur : le plastron de la chemise était baigné de sang.

– Docteur, docteur !

– Sa blessure s'est rouverte, cria Cimetta. Le docteur Vocalopoulo, les yeux hagards, atterré, pâlit :

– La blessure ?

Et, instinctivement, il s'approcha du lit. Mais Corsi l'arrêta net d'un regard de ses yeux vitreux.

– Il a raison, dit le docteur, en laissant retomber ses bras. Vous avez entendu ? Je ne puis pas, je ne dois pas...

L'ILLUSTRE DISPARU[3]

3 *L'illustre estinto*. Première publication dans la *La lettura*, novembre 1909 ; reprise dans le recueil *Terzetti* (Trios), Milan, Treves, 1912 ; rassemblée dans *Novelle per un anno, La Giara* (*Nouvelles pour une année, La Jarre*), Florence, Bemporad, 1928, vol. XI.

I

Assis dans son lit, pour que son angine de poitrine ne l'étouffât point, la nuque abandonnée sur l'amoncellement des coussins, l'honorable Constanzo Ramberti regardait, à travers la boursouflure de ses paupières demi-closes, le rayon de soleil qui, de la fenêtre, s'étendait sur ses jambes et dorait la bourre d'un châle gris, à carreaux noirs.

Il se regardait mourir ; son mal était sans remède, il le savait. Il se repliait sur lui-même, s'interdisait d'étendre son regard dans la chambre plus loin que les bords de son lit. Ce n'était pas pour se recueillir en vue de sa fin imminente, c'était par crainte, s'il élargissait le moins du monde son horizon, que la vue des objets environnants lui rappelassent et lui fissent regretter les rapports qu'il pouvait encore entretenir avec la vie et que la mort allait briser avant peu.

Ramassé, rapetissé dans ces bornes étroites, il se sentait plus en sécurité, mieux à l'abri. Et, se plongeant dans la contemplation des plus infimes détails, du fin frisottis de son châle doré par le soleil, il savourait la lenteur des minutes, de toutes les minutes qui lui appartenaient encore, quelques heures peut-être, peut-être un jour... deux, trois jours ; peut-être même – au plus – une semaine. Mais si une minute s'écoulait avec tant de lenteur, comment ferait-il pour supporter jusqu'au bout cette interminable semaine ?

Pourtant, sa lassitude n'était point provoquée par la lenteur que mettaient les minutes à couler sur la bourre de son châle de laine : c'était la conséquence des efforts auxquels il se contraignait pour s'interdire de penser.

À quoi aurait-il bien pu penser, à cette heure ? À sa mort ? Plutôt... tiens, quelle idée : ne pourrait-il pas essayer de se représenter tout ce qui arriverait *après ?* Oui, c'était là un moyen pour lui, privé de tout réconfort religieux, de retarder le néant, de prolonger son séjour ici-bas.

Courageusement, l'honorable Constanzo Ramberti s'imagina après sa dernière heure tel que les autres le verraient ; comme il avait vu tant de morts : un cadavre rigide, sur ce même lit, les pieds contractés dans des escarpins vernis, le visage cireux et glacé, les mains de pierre, et même (pourquoi pas ?) élégant dans son habit noir, parmi toutes les fleurs jonchant le lit et les coussins.

Il prit la pose, contracta ses pieds et les contempla. Il sentit un chatouillement au ventre ; il souleva une main et lissa ses cheveux ; puis il caressa sa barbe rougeâtre, taillée en fourche. Il se dit qu'après sa mort, cette barbe serait peignée et ce qui lui restait de cheveux disposé avec soin sur son crâne par le chef de son secrétariat particulier, le « cavaliere » Spigula-Nonnis, qui, depuis tant de jours, et de nuits, le soignait, le pauvre homme, avec le plus affectueux dévouement, ne l'abandonnant pas un instant, se désolant, au pied du lit, de ne pouvoir alléger ses souffrances.

Et pourtant le cavaliere Spigula-Nonnis l'aidait sans le savoir : il l'aidait à mourir avec dignité et philosophie. Peut-être, s'il était demeuré seul, se serait-il laissé aller à geindre, à pleurer, à hurler de rage et de désespoir ; mais, avec le cavaliere Spigula-Nonnis au pied de son lit, qui l'appelait « Excellence », il ne songeait même pas à soupirer ; il regardait droit devant lui, attentif, les lèvres effleurées par un léger sourire.

Oui, la présence de cet homme triste, long et myope, le retenait en scène par un fil, bien ténu désormais, pour y jouer son rôle jusqu'à la fin. La fragilité de ce fil exaspérait à chaque minute son angoisse et sa terreur intimes, car il ne pouvait s'empêcher de sentir la vanité, l'inutilité effroyable des efforts qu'il faisait pour se cramponner à son rôle : efforts pareils à ceux d'une bestiole agonisante, de l'insecte tombé à l'eau qui s'agrippe en vain à un brin d'herbe, à une ramille flottante... Combien de fois, avait-il été le spectateur cruel de ce drame ? La vanité de tout ce dont il avait empli le vide de l'existence lui apparaissait, personnifiée dans le cavaliere Spigula-Nonnis. Son autorité, son prestige, autant de choses creuses qui s'en allaient de lui, qui n'avaient plus de valeur, mais qui pourtant, au-dessus du gouffre où elles allaient s'engloutir, flottaient seules avec quelque consistance encore, fantômes de rêves, apparences de vie qui, un peu de temps après sa mort, s'agiteraient autour de lui, autour de son lit, autour de son cercueil...

Oui, le cavaliere Spigula-Nonnis ferait sa dernière toilette, l'habillerait, le peignerait avec un soin affectueux, non sans quelque répugnance toutefois. Lui-même, du reste, éprouvait une grande répugnance en songeant que son corps serait contemplé dans sa nudité par cet homme, tripoté par ses grosses mains osseuses. Mais il n'avait nulle autre personne auprès de lui : pas le moindre parent, proche ou lointain. Il allait mourir solitaire, ainsi qu'il avait toujours vécu ; solitaire dans cette délicieuse villa de Castel Gandolfo qu'il avait louée, avec l'espoir que deux ou trois mois de repos passés dans le calme le remettraient sur pied. Mourir... et il avait sa peine quarante-cinq ans !

Il mourait stupidement, par sa faute ; il s'était tué de travail ; il avait lutté avec un entêtement acharné qui l'avait brisé. Il avait vaincu, mais à l'heure où il triomphait, la mort était déjà en lui, la mort, la mort qui, furtivement, avait pris peu à peu possession de son corps. Lorsqu'il était allé prêter serment au Roi, lorsqu'avec une résignation affectée, mais dans son for intérieur rayonnant de joie, il avait reçu les congratulations de ses collègues et de ses amis, la mort était déjà en lui, et il ne s'en doutait pas. Deux mois plus tard, un soir, elle lui avait allongé à l'improviste un coup de griffe au cœur et l'avait laissé, la bouche ouverte, la tête renversée sur son bureau de ministre des Travaux publics.

Tous les journaux d'opposition l'avaient violemment attaqué, lors de sa nomination, qualifiée par eux « d'indigne passe-droit de la part du Président du Conseil ». Mais en publiant la nouvelle de sa mort « à la fleur de l'âge », il était probable qu'ils tiendraient compte de ses mérites, de son labeur assidu dans les commissions, de sa passion unique, constante, pour la vie publique qui l'absorbait tout entier ; du zèle qu'il avait toujours apporté à remplir ses devoirs de ministre... Eh oui ! On peut accorder de ces consolations à ceux qui s'en vont : et d'autant plus que l'amitié, la fameuse protection du Président du Conseil n'avaient pu lui laisser au moins la joie de mourir ministre. Aussitôt après cette syncope, on lui avait fort aimablement fait entendre qu'il était opportun – entendons-nous, uniquement par égard pour votre santé, pas pour autre chose – d'abandonner son portefeuille.

Si bien que, même pour les journaux amis du Ministère, sa mort ne serait pas « un vrai deuil national ». Du moins il serait certainement pour toute la presse « un illustre disparu ». Cela oui, sans aucun doute. On regretterait l'« existence trop tôt brisée » d'un homme qui « certainement aurait encore pu rendre au pays d'éminents services, » etc... etc...

Peut-être étant donnés la proximité de Rome et le bref laps de temps écoulé depuis sa sortie du Ministère, le Président du Conseil, les ministres, ses ex-collègues, les sous-secrétaires d'État et bon nombre de députés de ses amis viendraient-ils de Rome saluer sa dépouille, là, dans cette chambre, que le maire du pays, pour se mettre en vedette, aura, avec l'aide du cavaliere Spigula-Nonnis, transformée en chapelle ardente, avec des lauriers en caisse, d'autres plantes vertes, des fleurs et des candélabres. Il les imaginait entrant, tous le chapeau à la main, le Président du Conseil en tête, le contemplant un moment en silence, consternés et pâles, avec cette curiosité contenue par une instinctive horreur que lui-même avait tant de fois éprouvée en présence d'un cadavre. Instant solennel, émouvant :

« Pauvre Ramberti ! »

Puis tous se retireraient dans la pièce à côté, pendant qu'on l'enfermerait dans la caisse déjà prête.

Valdana, sa ville natale, Valdana qui, depuis quinze ans, l'élisait député, Valdana, pour laquelle il avait tant fait, réclamerait certainement sa dépouille ; et le maire de Valdana accourrait avec deux ou trois conseillers municipaux pour escorter son corps.

Son corps... Mais son âme ?... Ah ! son âme, partie, envolée depuis un bon bout de temps, et arrivée qui sait où...

L'honorable Constanzo Ramberti fronça les sourcils. Il cherchait à se rappeler une vieille définition de l'âme, qui l'avait satisfait, lorsqu'il était encore étudiant de philosophie à l'Université : « L'âme est l'essence qui prend en nous conscience de nous-même et des objets placés en dehors de nous ». Oui, c'était cela... c'était la définition d'un philosophe allemand.

Il se prit à réfléchir :

« Une essence ?... Qu'est-ce donc qu'une essence ? Une chose « qui est », sans aucun doute, grâce à laquelle, vivant, je diffère du moi que je serai après ma mort. C'est clair ! Mais cette essence, au plus intime de moi-même a-t-elle une existence intrinsèque, ou n'existe-t-elle qu'en tant que je vis ?

Deux hypothèses : si elle a une existence intrinsèque et qu'elle ne prenne conscience d'elle-même qu'en moi, une fois partie de moi, n'aura-t-elle plus aucune conscience ? Alors que sera-t-elle ? Quelque chose que je ne suis point, qu'elle-même n'est pas tant qu'elle habite en moi. Une fois libérée, elle sera ce qui lui plaira... si même elle continue à exister. Car il y a l'autre hypothèse : à savoir qu'elle existe tant que j'existe moi-même, de sorte que, quand je n'existerai plus...

– Cavaliere, une gorgée d'eau, je vous prie...

Le cavaliere Spigula-Nonnis se déplie de toute sa longueur, secouant la torpeur qui l'avait envahi ; il lui tend un verre, il demande :

– Excellence, comment vous sentez-vous ?

L'honorable Constanzo Ramberti boit deux gorgées, puis rendant le verre, il a un pâle sourire à l'adresse de son secrétaire, ferme les yeux, soupire :

– Comme ci, comme çà...

Où en était-il resté ? Ah ! il allait partir pour Valdana. Son corps... oui, mieux valait s'en tenir à son corps. On le prenait par la tête et par les pieds. Dans la caisse, s'étalait déjà un drap, imbibé d'une solution de sublimé destiné à envelopper son corps. Puis venait le plombier... Oh ! comment s'appelle donc cet outil qui bourdonne avec une langue de feu toute bleue ? Voici la plaque de zinc à souder sur la caisse, le couvercle à visser...

L'honorable Constanzo Ramberti ne s'amusait pas à rester dans sa caisse : il en sortait et il contemplait son cercueil, comme uns badaud quelconque : oh ! le beau cercueil de châtaignier, en forme de lyre, poli, verni, à poignées dorées. Certainement les funérailles et le transport à Valdana se feraient aux frais de l'État.

Voilà à présent la caisse soulevée ; elle traverse les appartements, elle descend malaisément les escaliers de la villa ; elle traverse le jardin, suivie par tous les parlementaires, tête nue, derrière le Président du Conseil. La caisse est introduite dans le corbillard municipal, au milieu de la curiosité craintive et respectueuse de toute la population accourue pour admirer un spectacle aussi rare.

De nouveau, l'honorable Ramberti laisse placer son cercueil dans le corbillard et reste dehors à regarder son char funéraire, escorté par cette foule qui descend avec lenteur et solennité du village à la gare. Un wagon, de ceux qui portent l'écriteau : « Chevaux, 8 – Hommes, 40 », est tout préparé, avec des planches clouées pour caler le cercueil.

L'honorable Constanzo Ramberti revoyait alors son cercueil qu'on retirait du corbillard, le suivait dans le wagon nu et poussiéreux qu'à Rome on allait certainement orner et garnir de toutes les couronnes envoyées par le Roi et le Conseil des Ministres, par le Conseil municipal de Valdana et par tous les amis, et en route !

L'honorable Constanzo Ramberti suivait le train, avec son wagon mortuaire attaché en queue, durant des kilomètres et des kilomètres, jusqu'à la station de Valdana, noire de monde elle aussi. L'un après l'autre, voilà ses amis les plus fidèles, les plus dévoués, conseillers généraux et municipaux, certains un peu gauches dans l'habit noir et sous le chapeau haut de forme. Voilà Robertelli... ce bon Robertelli... qui pleure et qui joue des coudes pour avancer...

– Où est-il, où est-il ?

Où veux-tu qu'il soit, mon bon Robertelli ? Il est là, dans la caisse. Il faut que tout le monde y passe. Mais l'honorable Constanzo Ramberti assistait à cette scène, comme s'il n'eût pas été en réalité à l'intérieur de ce cercueil si lourd, si lourd pourtant que les appariteurs de la mairie, en uniforme et en gants blancs, peinaient pour le charger sur leurs épaules...

Il voyait... tiens, Tonni, qui, le pauvre, ne sort jamais de chez lui sans que les minutes soient comptées par sa femme férocement jalouse ; – c'était bien lui, tout inquiet ; il souffrait, il sortait à chaque instant sa montre, il pestait contre le retard d'une heure qu'avait eu le train : sa femme certainement n'en croirait rien. Patience, mon pauvre Tonni, patience ! Tu auras une scène avec ta femme, et puis, vous vous raccommoderez. Tu vis, toi. Songe qu'on ne part pour l'autre monde qu'une seule et unique fois. Voudrais-tu donc pour ton ami, qui te fit obtenir tant de faveurs, un enterrement à la va-vite ? Laisse qu'on l'enterre avec pompe et solennité... Tu vois ? Voici Monsieur le Préfet... Place, place.

– Eh ! il y a aussi le colonel... Mais parbleu, on lui rendait les honneurs militaires. Et tous les enfants des écoles aussi, et combien de drapeaux et de bannières de sociétés locales... C'est qu'à dire vrai, tout absorbé qu'il fût par les problèmes les plus élevés de la politique, les questions les plus ardues d'économie sociale, il n'avait jamais négligé les intérêts particuliers de sa circonscription, qui lui devrait longtemps de la reconnaissance pour tous ses bienfaits. Valdana lui témoignerait peut-être sa gratitude par une plaque commémorative de marbre, placée dans le jardin public, ou bien donnerait son nom à une rue, à une place ; et en attendant, elle l'honorait de funérailles solennelles... Il revit par la pensée, la rue principale de la ville avec les drapeaux à mi-hampe :

Rue Constanzo Ramberti

Et les fenêtres noires de monde dans l'attente du corbillard disparaissant sous les couronnes, attelé de huit chevaux couverts de housses ; et les gens dans la rue se montrant du doigt la couronne du Roi, belle entre toutes. Le cimetière était là-bas, derrière la colline, sombre et solitaire. Les chevaux allaient d'un pas très lent, comme pour lui donner le temps de jouir des suprêmes honneurs qui lui étaient rendus et prolongeaient encore un peu sa vie révolue.

Voilà ce que l'honorable Constanzo Ramberti, à la veille de mourir, imagina. Un peu par sa faute, un peu par la faute d'autrui, la réalité ne répondit pas complètement à ce qu'il avait imaginé.

II

D'abord, il mourut pendant la nuit ; on ignore si ce fut durant son sommeil ; ce fut, en tout cas, sans se faire entendre du cavaliere Spigula-Nonnis qui, écrasé de fatigue, s'était endormi profondément, au pied du lit, dans son fauteuil. Spigula-Nonnis, s'éveillant en sursaut, vers quatre heures du matin, et le trouvant déjà froid et raidi, était resté extraordinairement bouleversé, d'abord par un étrange bourdonnement qui remplissait la chambre, puis par la pleine lune qui, à son coucher, semblait s'être arrêtée dans le ciel pour contempler ce mort sur son lit, à travers les carreaux de la fenêtre dont, par oubli, on n'avait pas fermé les volets. Le bourdonnement était le fait d'une grosse mouche qu'en se dressant brusquement le cavaliere avait troublée dans son sommeil.

Quand, à l'aube, accourut Agostino Mignecca, le maire, mandé en toute hâte par le domestique, le cavaliere Spigula-Nonnis l'accueillit par ces mots :

– Il y avait la lune... Il y avait la lune...

Le cavaliere Spigula-Nonnis ne pouvait rien dire de plus.

– La lune ? Quelle lune ?

– Une lune !... une lune !...

– Oui, parfait, il y avait la lune... À présent, cher Monsieur, il s'agit de lancer d'urgence un télégramme à Son Excellence le Président du Conseil ; un autre au Président de la Chambre ; un autre au maire de... d'où Son Excellence était-il député ?

– De Valdana... (ah ! cette lune !).

– Laissez la lune tranquille ! Je disais donc... au maire de Valdana : ce qui fait trois, et d'urgence, pour faire connaître la mauvaise nouvelle à la population, n'est-ce pas, aux électeurs... Il aura de quoi faire, ce maire-là. Dépêchez-vous, je vous en prie ! Il faudra faire ouvrir exprès le bureau du télégraphe : faites-vous accompagner par le garde-champêtre, en mon nom. Et puis, revenez aussitôt ! Il faudra l'habiller sans tarder. Voyez, le cadavre est déjà raide.

Ce fut miracle si le cavalier Spigula-Nonnis, n'écrivit pas dans tous ces télégrammes qu'il y avait la lune.

Pour se distinguer, le maire de Mignecca aurait volontiers dressé une chapelle ardente à faire rester les gens bouche bée, avec catafalque et tout le tremblement. Mais... dans ces petits pays... on ne trouve rien ; pas un ouvrier qui sache son métier... Il avait couru à l'église chercher quelques tentures... toutes en damas rouge à bandes d'or ! Si seulement elles avaient été noires ! Il prit quatre candélabres dorés, laids à faire frémir... Les fleurs et les plantes vertes ne manquaient pas, par bonheur : fleurs par terre, fleurs sur le lit... plein la chambre.

Cependant, on ne trouva pas le frac dans la malle ; le cavaliere Spigula-Nonnis fut obligé de courir à Rome, dans le petit appartement de la rue Ludovisi, où il ne le trouva pas davantage : on finit par le dénicher au fond de la malle... tout au fond. Le pauvre homme avait complètement perdu la tête. Oh ! pour affectionné, il l'était... Des torrents de larmes... Mais il fallut faire deux morceaux du frac, suivant la couture du dos (quel dommage, un habit tout neuf !), les bras du cadavre refusant de se plier. Et à peine le mort habillé, il fallut le dévêtir et le rhabiller à nouveau, oui, messieurs, parce que de Valdana (cela, tout à fait comme l'avait prévu l'honorable Constanzo Ramberti !) arriva un télégramme officiel d'extrême urgence, où l'on annonçait que la population, au comble de l'affliction, réclamait unanimement la dépouille mortelle de son illustre représentant, pour l'honorer de funérailles solennelles. Le télégramme parlait d'une statue, oui, jusqu'à une statue !... les choses en grand... et d'une place aussi, une place, celle de la Poste, qu'on rebaptiserait de son nom. Un médecin arriva de Rome pour pratiquer sur le cadavre quelques injections de formaline, disait-il ; de « déformaline » révérence parler, disait le maire Mignecca, après les dites injections. Ah ! où étaient ce visage cireux, cette élégance qu'avait rêvé de conserver jusque dans la mort l'honorable Constanzo Ramberti ! – Une face grosse comme çà, voilà ce qu'on lui fit, sans nez, sans joues, sans menton, sans rien – une boule de suif, exactement. Si bien qu'on eut la bonne idée de dissimuler son visage sous un mouchoir.

Beaucoup plus d'amis députés que l'honorable Constanzo Ramberti ne se figurait en posséder accoururent le lendemain matin à Castel Gandolfo, en même temps que les présidents de la Chambre et du Conseil, les ministres et les sous-secrétaires d'État. Vinrent aussi quelques sénateurs, des moins âgés, un peloton de journalistes et jusqu'à deux photographes.

La journée était splendide.

À ces hommes écrasés par tant de problèmes politiques et sociaux, assombris par toutes les luttes quotidiennes, certainement ce plongeon dans du bleu, l'exquise vision de la campagne reverdie, des *castelli* romains ensoleillés, du lac et des bois, cet air encore un peu vif, mais où passait déjà l'haleine du printemps, devaient donner une impression de fête. Ils ne l'avouaient pas ; au contraire, ils se montraient tristes et graves, et peut-être l'étaient-ils ; mais du regret intime d'avoir dépensé et de continuer à dépenser en luttes vaines et mesquines leur existence si brève, si peu sûre, et dont ils sentaient tout le prix, ici, perdus dans cette apparition enchanteresse de fraîcheur et d'air libre.

Un certain réconfort leur venait en songeant qu'ils pouvaient en jouir encore, quoiqu'en passant, tandis que leur collègue, lui, ne le pouvait plus.

Ainsi réconfortés peu à peu, le long du bref trajet, ils commencèrent à converser joyeusement, à rire, pleins de gratitude envers les cinq ou six d'entre eux, les plus sincères, qui avaient les premiers enlevé leur masque de tristesse pour lancer quelques plaisanteries et continuaient à présent à divertir la galerie.

Pourtant, de temps à autre, comme si, à la porte des wagons à couloir, la tête de Constanzo Ramberti fût apparue brusquement, les gais propos et les rires tombaient à plat ; tous sentaient comme une gêne, un malaise, surtout ceux qui n'avaient aucun bon motif pour se trouver là, sauf celui de faire en bande une partie de campagne, les adversaires notoires de Ramberti ou ceux qui lui tiraient dans le dos. Ceux-là sentaient bien que leur présence était une offense. Une offense à quoi, au juste ? Était-ce à ce qu'attendait le mort, à ce qu'attendait cet homme qui ne pouvait plus protester, ni les chasser, en leur faisant honte.

Voyons : s'agissait-il, oui ou non, d'une visite de deuil ?

Oui, eh bien, alors, on ne va pas rendre visite à un mort de la sorte, en bavardant joyeusement, ni en riant.

Tous ces collègues-là, amis ou non, ignoraient l'idée que le pauvre Ramberti, à la veille de mourir, s'était faite de leur visite, qu'il avait naturellement imaginée conforme au caractère qu'elle aurait dû avoir : tristesse, regrets, pitié pour lui. Ils l'ignoraient ; et néanmoins, par le seul fait que cette visite avait lieu, ils ne pouvaient s'empêcher de sentir, par éclairs, à quel point elle avait lieu d'une façon inconvenante. Quant aux adversaires, ils ne pouvaient s'empêcher de sentir qu'ils étaient de trop et qu'ils commettaient une sorte de violence contre ce mort.

À peine sortis de la gare de Castel Gandolfo, tous pourtant se reprirent, se composèrent un maintien grave et attristé, se drapèrent dans la solennité de cette heure de deuil, dans l'importance que leur accordait la foule respectueuse, accourue pour assister à leur arrivée.

Guidés par le maire Mignecca et par les conseillers municipaux, – tout suants, le visage congestionné, avec leurs manchettes qui s'échappaient des manches, et leurs cravates qui remontaient du faux-col sur la nuque, – ministres et députés se rendirent à la villa de Ramberti à pied, en cortège, les deux présidents en tête, escortés et suivis par une foule énorme.

Leur arrivée, leur entrée dans le village pavoisé de drapeaux en berne, leur cortège, tout cela fut à la vérité de beaucoup supérieur à ce que Ramberti avait imaginé. Mais juste au moment le plus solennel, lorsque le président de la Chambre et celui du Conseil, avec tous les ministres, les sous-secrétaires et les députés et la foule des curieux furent entrés dans la chambre transformée en chapelle ardente, tête nue, il arriva une chose horrible. Au milieu du silence de cette scène, un borborygme soudain, lugubre, liquide, issu du ventre du cadavre, gargouilla parmi l'épouvante stupéfiée des assistants. Qu'arrivait-il ?

« *Digestio post mortem* », soupira, avec dignité, en latin, l'un d'eux, un médecin, après qu'il eut maîtrisé son émotion.

Et tous les autres, déconcertés, considérèrent ce cadavre, qui semblait s'être couvert le visage d'un mouchoir pour se livrer, sans rougir, à cette incongruité en présence des plus hauts personnages de son pays. Puis, ils sortirent, les sourcils froncés, de la chambre ardente.

Lorsque, trois heures plus tard, en gare de Rome, le cav. Spigula-Nonnis vit, avec une tristesse infinie, tous ceux qui étaient venus à Castel Gandolfo s'éloigner sans même jeter un regard, un suprême regard d'adieu au wagon où Son Excellence était enfermé, il eut l'impression d'une trahison. Tout était-il donc fini ?

Seul, il demeura, dans la lumière incertaine et triste du jour qui agonisait, sous la haute marquise, immense et enfumée, à suivre des yeux la manœuvre du train, qui se disloquait. Après mille allées et venues sur l'enchevêtrement des rails, il aperçut le wagon abandonné au bout d'une voie, tout au fond, à côté d'un autre, sur lequel on avait déjà collé un écriteau avec la mention : « cercueil ».

Un vieil homme d'équipe, bancal et asthmatique, s'en vint avec un pot de colle et orna le wagon de l'honorable Ramberti du même écriteau, puis il s'en fut. Le cav. Spigula-Nonnis s'approcha pour le lire de ses yeux myopes ; il lut au-dessus : « Chevaux 8 – Hommes 40 ». Il secoua la tête et soupira. Il demeura encore un moment, un long moment à contempler ces deux wagons mortuaires l'un à côté de l'autre.

Deux morts, deux hommes au terme de leur voyage et qui allaient pourtant encore voyager !

Ils allaient rester là, seuls, toute la nuit, parmi le bruit assourdissant des trains qui arrivent et qui partent, frôlés au passage par la hâte des voyageurs nocturnes ; ils allaient rester là, étendus, immobiles, dans la nuit de leurs caisses, au milieu de l'incessante agitation de cette gare. Adieu ! Adieu !

Et le cav. Spigula-Nonnis, lui aussi, s'en alla. Il s'en alla, plein d'angoisse. Toutefois, en chemin, il acheta des journaux du soir, et se réconforta un peu en lisant les longues nécrologies en première page, avec le portrait de l'illustre disparu au beau milieu.

Rentré chez lui, il se plongea dans la lecture détaillée des gazettes et il se laissa émouvoir par l'allusion, que faisait l'une d'elles, au dévouement affectueux, aux soins dont il avait, lui, le cav. Spigula-Nonnis, entouré les derniers jours de l'honorable Costanzo Ramberti.

Dommage seulement que Nonnis eût été imprimé avec un seul *n !* Mais on comprenait, sans méprise possible, qu'il s'agissait bien de lui.

Il relut le passage qui le concernait une vingtaine de fois, au bas mot ; puis, quand il ressortit pour aller dîner à son restaurant habituel, il voulut avant tout acheter dans un kiosque dix autres numéros de ce journal pour les envoyer à Novare, le lendemain, à des parents, à des amis, en ajoutant l'*n* bien entendu, et en marquant le passage au crayon bleu.

De grands éloges, tous les journaux faisaient de grands éloges de l'honorable Constanzo Ramberti : les regrets étaient unanimes, et ses mérites, son zèle, sa probité étaient dûment mis en relief. Tout à fait comme l'avait prévu l'honorable Costanzo Ramberti. Il y avait la « fleur de l'âge » et le « certainement aurait pu rendre encore au pays d'éminents services ». Les télégrammes de Valdana parlaient de la consternation profonde de la population en apprenant la fatale nouvelle, des honneurs solennels, inoubliables, que sa ville natale se préparait à rendre à son Illustre Enfant ; et ils annonçaient que déjà le maire, une délégation du Conseil municipal, et d'autres personnages éminents de Valdana étaient partis pour Rome, d'où ils devaient ramener la dépouille.

En rentrant se coucher, vers minuit, dans le silence des rues désertes, que veillaient lugubrement les réverbères, le cav. Spigula-Nonnis songea de nouveau aux deux wagons mortuaires là-bas, sur leur voie de garage, qui attendaient. Si seulement ces deux morts avaient pu se tenir compagnie, converser entre eux, pour passer le temps !

À cette idée, le cav. Spigula-Nonnis sourit avec désolation. Qui diable était cet autre mort, et quel était le cimetière où il devait échouer ? Il passait la nuit dans cette gare, sans se douter le moins du monde de l'honneur que lui faisait, en voisinant avec lui, l'homme qui, ce jour-là, remplissait de son nom toute la presse italienne, et qui, le lendemain, allait être triomphalement accueilli par une ville qui le pleurait.

Comment le cerveau du cav. Spigula-Nonnis aurait-il pu enfanter l'idée que le wagon mortuaire de l'honorable Constanzo Ramberti, vers deux heures du matin, par le fait de quelques hommes d'équipe tombant de sommeil, serait attaché au train qui part à cette heure là pour les Abruzzes, et que l'illustre disparu allait ainsi être soustrait à l'accueil triomphal et aux honneurs solennels que lui réservait sa ville natale !

Mais l'honorable Constanzo Ramberti, homme politique, déjà parvenu au pouvoir, bien au courant, par conséquent, de ces secrets d'État, l'honorable Constanzo Ramberti qui connaissait toutes les défectuosités du service des chemins de fer, aurait pu prévoir aisément pareille trahison. Étant donné deux wagons mortuaires en dépôt dans une gare où le trafic est intense, quoi de plus simple, de plus élémentaire, que d'expédier l'un à l'adresse de l'autre et inversement !

Mais enfermé, cloué dans son wagon, il ne put protester contre cette indigne confusion, contre ces six brutes d'hommes d'équipe qui l'arrachaient à toutes les tentures noires lamées d'argent, dont sa bonne ville de Valdana s'ornait pendant cette nuit, pour l'accueillir solennellement le lendemain. Et il fallut bien qu'à la queue de ce train presque désert, qui partait pour les Abruzzes et qui, de ses freins hors d'état achevait de démolir les pauvres vieilles voitures sales dont il se composait, il voyageât tout le reste de la nuit, tantôt lentement, tantôt lugubrement vite, vers la dernière demeure de l'autre mort, un jeune séminariste d'Avezzano, du nom de Feliciangiolo Scanalino.

Naturellement, le wagon mortuaire du séminariste, le matin suivant, fut décoré avec magnificence, sous la surveillance du directeur de l'entreprise de pompes funèbres, aux frais de l'État. Riches tentures de velours frangé d'argent, avec un dais, et des voiles, des rubans et des palmes ! Sur la bière, couverte d'un drap splendide, une seule couronne, celle du Roi ; de chaque côté, la couronne du président de la Chambre et celle du Conseil des ministres. Une soixantaine environ d'autres couronnes furent placées dans la voiture suivante.

Et à huit heures et demie précises, aux yeux émerveillés d'une vraie foule d'amis de l'honorable Constanzo Ramberti, Feliciangiolo Scanalino partit pour Valdana et les honneurs suprêmes.

Quand vers trois heures de l'après-midi, le train arriva en gare de Valdana, où se pressait la population attristée, le maire, qui avait accompagné le cercueil avec une délégation du Conseil municipal, fut pris à part, en grand mystère, dans le bureau du télégraphe, par le chef de gare, pâle et tremblant : Il était arrivé de la gare de Rome un télégramme « secret », qui notifiait l'échange des deux wagons mortuaires. La dépouille mortelle de l'honorable Ramberti se trouvait en gare d'Avezzano.

Le maire de Valdana semblait pétrifié.

Que faire ? Avec toute cette foule qui attendait ? avec toute la ville pavoisée ?

– Commandeur, suggéra à voix basse le chef de gare, en portant la main à son cœur, je suis seul à savoir avec le télégraphiste ; à Rome et à Avezzano de même... le chef de gare et le télégraphiste. Commandeur, notre intérêt, celui de l'Administration des chemins de fer est de tenir l'affaire secrète. Fiez-vous à nous !

Comment sortir autrement de cette impasse ? L'innocent séminariste Feliciangiolo Scanalino fut accueilli en triomphe par la ville de Valdana ; son corbillard, pareil à une montagne de fleurs, fut tiré par huit chevaux ; il eut l'escorte de toute la population jusqu'au cimetière. Il eut les discours.

L'honorable Constanzo Ramberti repartait cependant d'Avezzano et voyageait dans un wagon nu et poussiéreux (Chevaux 8 – Hommes 40), sans une fleur, sans un ruban : pauvre dépouille renvoyée, ballottée, hors de sa route, en des lieux si éloignés de ceux de son destin.

Il arriva de nuit à la station de Valdana. Seul, le maire et quatre fidèles croque-morts l'attendaient à la gare, et en silence, avec une allure de fraudeurs qui soustraient leur contrebande à la vigilance des douaniers, montant, descendant à travers la campagne par des petits chemins, s'éclairant à grand'peine d'une lanterne sourde, ils le portèrent au cimetière, et quand ils l'eurent enterré, ils poussèrent un grand soupir de soulagement.

LA LUMIÈRE D'EN FACE[4]

---

4 *Il lume dell'altra casa*. Première publication dans le *Corriere della serra*, 12 décembre 1909 ; reprise dans le recueil *Terzetti* (Trios), Milan, Treves, 1912 ; rassemblée dans *Novelle per un anno, Il Viaggio* (*Nouvelles pour une année, Le Voyage*), Florence, Bemporad, 1928, vol. XII.

Ce fut un soir, un dimanche, au retour d'une longue promenade.

Tullio Buti avait loué cette chambre depuis deux mois environ. Ses propriétaires, Madame Bianchi, une petite bonne vieille à la mode d'autrefois, et Clotildina, sa fille, d'âge presque canonique, ne le voyaient jamais ; il avait coutume de sortir tous les matins à la première heure pour ne rentrer qu'à la nuit tombée ; elles savaient qu'il était attaché au Ministère de la justice ; elles savaient aussi qu'il avait le titre d'avocat ; c'était tout.

Rien dans la petite chambre plutôt étroite, meublée modestement, ne révélait un habitant ; on eût dit que de propos délibéré, avec une application constante, il avait résolu d'y séjourner en étranger, comme dans une chambre d'hôtel. Il avait bien, certes, rangé son linge dans la commode, suspendu quelques habits dans l'armoire ; mais à part cela, rien sur les murs, rien sur les autres meubles, pas une boîte, pas un livre, pas un portrait ; jamais rien sur la table, jamais une enveloppe déchirée ou quelque journal déplié ; jamais sur les chaises le moindre objet oublié, un col, une cravate, pour indiquer que, dans cette chambre, il se trouvait, il se sentait chez lui.

Les Bianchi, la mère et la fille, craignaient qu'il ne fît pas long feu chez elles. Elles avaient eu beaucoup de peine à louer cette petite chambre. On était venu souvent la visiter, personne n'en avait voulu. Au vrai, elle n'était ni bien commode, ni bien gaie, avec son unique fenêtre qui donnait sur une ruelle privée, étroite, d'où ne lui venait jamais air ni lumière, écrasée comme elle l'était par la maison d'en face qui faisait écran.

Mère et fille auraient voulu dédommager ce locataire, qui s'était fait tant désirer, par de menus soins, par des attentions ; elles en avaient imaginé et préparé plusieurs, durant la période d'attente : « Nous lui ferons ci... nous lui dirons ça... » et ceci et le reste ; Clotildina surtout, la fille avait combiné mille charmantes gracieusetés, mille charmantes « civilités », comme disait la mère, oh ! mais tout à fait sans façons, sans arrière-pensées, sans être importune ni ennuyeuse.

C'était en vain : *Il ne se faisait jamais voir.*

Peut-être, si elles avaient su, auraient-elles compris aussitôt que leurs craintes étaient sans fondement. Cette chambrette triste, sombre, écrasée par la maison d'en face, s'accordait avec l'humeur de son locataire.

Dans la rue, Tullio Buti marchait toujours seul, sans même les deux compagnons des plus farouches solitaires : le cigare et la canne. Les mains plongées dans les poches de son pardessus, la tête dans les épaules, sourcils froncés, le chapeau enfoncé jusqu'au nez, il semblait nourrir contre la vie la plus sombre des rancœurs.

Au bureau, il n'échangeait jamais un mot avec aucun de ses collègues, lesquels en étaient encore à décider si c'était l'épithète de hibou ou celle d'ours qui lui convenait le mieux.

Nul ne l'avait jamais vu entrer le soir dans un café ; beaucoup, en revanche, l'avaient vu fuir les rues les plus fréquentées, les plus éclairées, pour se perdre dans l'ombre des longues rues solitaires des hauts quartiers, s'écartant chaque fois des murs pour contourner le cercle de lumière que projettent les réverbè-res sur les trottoirs.

Aucun geste involontaire, pas la moindre contraction des traits de son visage, aucun mouvement de ses yeux ou de ses lèvres pour trahir jamais les pensées qui paraissaient l'absorber, la noire douleur où il semblait s'enfermer. Mais cette secrète douleur, les tristes pensées qui gîtaient sous son front, étaient imprimées sur toute sa physionomie. La dévastation de cette âme se lisait clairement dans la fixité angoissée des yeux clairs, aigus, dans la pâleur du visage amaigri, dans la décoloration précoce de l'épaisse barbe inculte.

Tullio Buti n'écrivait jamais et ne recevait jamais de let-tres ; il ne lisait point de journaux ; quoi qu'il pût se passer dans la rue qui attirât la curiosité de la foule, il ne s'arrêtait et ne se tournait jamais pour s'en rendre compte ; et si parfois la pluie le surprenait à l'improviste, il continuait à marcher du même pas, comme si de rien n'était.

Que pouvait-il bien faire dans la vie, on ne savait. Il ne le savait peut-être pas lui-même. Il la subissait... Peut-être ne soupçonnait-il même pas qu'on pût la subir différemment, ni qu'à vivre différemment, on pût moins ressentir le poids de l'ennui et de la tristesse.

Il n'avait pas eu d'enfance ; il n'avait pas été jeune, non, jamais. Les scènes sauvages auxquelles il avait assisté chez lui dès l'âge le plus tendre, provoquées par la brutalité et la tyran-nie féroce de son père, avaient desséché en lui tous les germes de vie.

Après la mort de sa mère tuée encore jeune par les atroces sévices de son mari, la famille s'était débandée : une de ses sœurs s'était faite religieuse, son frère était parti pour l'Amérique, lui-même avait quitté la maison, avait erré ; aux prix d'efforts incroyables, il était parvenu à se hausser jusqu'à sa situation.

À présent, il ne souffrait plus. Il semblait souffrir : en réalité le sens de la douleur lui-même s'était atrophié en lui. Il semblait toujours absorbé dans des pensées pénibles mais non, il ne pensait même plus. Son esprit était demeuré comme perdu dans une sorte d'obscure épouvante, dont il n'était rendu conscient, à peine conscient, que par un peu d'âcreté à la gorge. Quand il circulait le soir dans les rues solitaires, il comptait les réverbères ; rien d'autre ; ou encore il regardait son ombre ; ou bien il écoutait le bruit de ses pas ; quelquefois, il s'arrêtait devant les jardins des villas et contemplait les cyprès fermés et sombres comme lui, plus nocturnes que la nuit.

Ce dimanche-là, fatigué de sa longue promenade sur la voie Appienne, il se décida contre son habitude à rentrer chez lui. Il était encore trop tôt pour aller souper. Mieux valait attendre dans sa chambre que le jour achevât de mourir et que l'heure de manger fût venue.

Pour les Bianchi, mère et fille, ce fut une surprise joliment agréable. Oh ! Clotildina en battait des mains ! Laquelle des petites attentions combinées, préparées, laquelle des gracieusetés et des « civilités » particulières allait-on lui faire tout d'abord ? Conciliabule entre la mère et la fille ; mais soudain Clotildina tape du pied, se frappe le front. Oh ! mon Dieu ! et la lampe, la lampe ! La première des choses, c'était de lui porter une lampe, la bonne, mise exprès de côté, en porcelaine avec des coquelicots et un globe dépoli. Elle l'alluma et vint frapper discrètement à la porte du locataire. Elle tremblait tellement d'émotion, que le globe oscillait, heurtait le verre qui risquait de s'enfumer.

– Vous permettez ? C'est la lampe…

– Non, merci – répondit Buti de l'intérieur – je sors tout de suite.

La vieille fille fit une petite moue, en baissant les yeux, comme si le locataire eût pu la voir, et elle insista :

– Mais vous savez, je l'ai là toute prête... C'est pour que vous ne restiez pas dans l'obscurité.

Buti répéta durement :

– Non... merci.

Il était assis sur le petit canapé derrière la table, et ouvrait tout larges ses yeux dilatés dans l'ombre, qui s'épaississait peu à peu dans la chambrette, tandis qu'aux carreaux agonisait, si triste, la suprême clarté crépusculaire.

Combien de temps resta-t-il ainsi, inerte, les yeux grand ouverts, sans pensée, oublieux des ténèbres qui déjà l'avaient enseveli ?

Tout à coup, la lumière se fit...

Stupéfait, il promena son regard autour de lui. Oui, sa chambre s'était éclairée à l'improviste ; elle s'était éclairée d'une lumière calme, douce comme une haleine mystérieuse. Qu'y avait-il donc ? Qu'est-ce qui arrivait ?

Ah ! voici... De la lumière en face. Une lampe allumée en cet instant dans la maison d'en face : le souffle d'une vie étrangère, qui pénétrait pour dissiper les ténèbres, le vide, le désert de son existence...

Il demeura un grand moment à contempler cette clarté comme une chose miraculeuse et une angoisse intense le prit à la gorge quand il nota avec quelle suavité elle se posait sur son lit, sur le mur, et puis aussi sur ses mains pâles abandonnées sur la table. De cette angoisse, voici que surgit le souvenir du foyer détruit, de son enfance opprimée, de sa mère ; et c'est pour lui comme si la lueur d'une aube, d'une aube lointaine rayonnait dans la nuit de son âme.

Il se leva, gagna la fenêtre, et furtivement, derrière les carreaux, il regarda là-bas, dans la maison d'en face, cette fenêtre d'où la lumière lui venait.

Il vit une petite famille réunie autour de la table à manger : trois enfants, le père assis déjà ; la maman encore debout, s'occupait à les servir, et cherchait – il pouvait le comprendre aux gestes – à réfréner l'impatience des deux aînés, qui brandissaient leur cuiller et se démenaient sur leur chaise. Le plus petit étirait le cou, tournait et retournait sa tête blonde : évidemment, on avait trop serré le nœud de sa serviette : pourtant si maman s'était dépêchée de lui donner la soupe, il n'aurait plus senti la gêne de ce nœud trop serré. Et voilà, en effet, voilà : oh ! avec quelle voracité il se mettait à manger ! toute la cuillère disparaissait dans sa bouche... Et le papa, perdu dans la fumée qui montait de son assiette, riait. À présent, la maman s'asseyait à son tour, là, juste en face... Tullio Buti eut un mouvement instinctif de recul : elle avait, en s'asseyant, levé les yeux vers la fenêtre ; mais il réfléchit que, protégé par l'obscurité, il ne pouvait être vu ; il resta donc là, assistant au souper de cette petite famille, et tout à fait oublieux du sien.

À dater de ce jour, tous les soirs, en sortant du bureau, au lieu d'entreprendre ses longues promenades solitaires, il prit la route du logis ; chaque soir, il attendit que parmi les ténèbres de sa chambre, la lampe d'en face éveillât doucement une lueur d'aube ; et il restait là, derrière les carreaux, comme un mendiant, à savourer avec une angoisse infinie cette douce et précieuse intimité, ce confort familial, dont jouissaient les autres, dont il avait joui, lui aussi, tout enfant, durant quelques rares soirées, lorsque sa mère... sa mère à lui... comme celle-ci... Et il pleurait.

Oui. Ce fut le miracle accompli par la lumière de l'autre maison. L'obscure épouvante, où son âme s'était perdue au cours de si longues années, se dissipa à cette calme clarté.

Mais cependant Tullio Buti ne pensait pas aux étranges suppositions que ses séances dans l'obscurité faisaient naître chez la propriétaire et sa fille.

Par deux fois Clotildina lui avait encore offert la lampe ; en vain. Si, au moins, il avait allumé sa bougie ! Mais non, pas même.

Est-ce qu'il était souffrant ? Clotildina avait osé le lui demander d'une voix tendre, à travers la porte, la seconde fois qu'elle avait accourue avec la lampe. Il lui avait répondu :

– Non, je suis très bien ainsi...

À la fin des fins... Certainement, Dieu du Ciel, rien de plus excusable... par le trou de la serrure, Clotildina avait épié et, à son grand étonnement, elle avait vu, elle aussi, dans la petite chambre du locataire la clarté répandue par la lumière de l'autre maison, de l'étage des Masci justement, et lui, elle l'avait vu, debout derrière les vitres de sa fenêtre, occupé à regarder là-bas, chez les Masci...

Alors Clotildina, toute sens dessus dessous, avait couru pour annoncer à sa mère la grande découverte :

– Il est amoureux de Marguerite ! de Marguerite Masci ! amoureux !

Quelques jours après, comme Tullio Buti était au guet, il vit avec surprise, dans la salle, en face, où la famille se trouvait comme d'habitude en train de souper – mais ce soir-là le père était absent, – il vit entrer sa bonne vieille de propriétaire avec sa fille, accueillies comme des amies de vieille date. À un moment donné, Tullio Buti se retira d'un bond de la fenêtre, tout troublé, haletant.

La petite maman et les trois enfants avaient levé les yeux à la fois et regardé vers sa fenêtre. Sans aucun doute, les deux femmes s'étaient mises à parler de lui.

Et alors ? Alors tout allait peut-être finir là ! Le lendemain soir, la petite maman, ou le mari, sachant qu'il se tenait mystérieusement sans lumière dans la chambre d'en face, fermeraient les volets ; fallait-il donc qu'à partir du lendemain ne lui arrivât plus cette lumière dont il vivait, cette lumière qui était son innocente volupté, son réconfort...

Mais il n'en fut pas ainsi.

Le soir même, quand la lumière de là-bas fut éteinte, et que, plongé dans les ténèbres, après avoir attendu encore un peu de temps que la petite famille fût allée se coucher, il alla ouvrir avec précaution sa fenêtre pour renouveler l'air, il vit la fenêtre d'en face également ouverte et peu après, (dans l'ombre, il en eut un tremblement qui ressemblait à de la terreur) il vit apparaître à la croisée la femme, rendue curieuse peut-être, par ce qu'avaient dit de lui les Bianchi, mère et fille.

Très élevés, les deux bâtiments qui ouvraient les uns en face des autres, à si peu de distance, les yeux de leurs fenêtres, ne laissaient apercevoir ni une bande claire du ciel, ni une sombre bande de terre, de cette ruelle fermée au bout par une grille ; ils ne laissaient jamais pénétrer un rayon de soleil, ni un rayon de lune.

Elle ne pouvait être là que pour lui, par conséquent, et certainement parce qu'elle s'était aperçue qu'il se trouvait lui-même accoudé à sa fenêtre, dans le noir.

Dans le noir, ils pouvaient à peine se deviner. Mais lui, depuis longtemps déjà, savait qu'elle était belle ; il connaissait déjà toutes les grâces de ses gestes, les éclairs de ses yeux noirs, les sourires de ses rouges lèvres.

Pourtant cette première fois, à cause de la surprise qui le bouleversait et coupait sa respiration d'un frémissement d'inquiétude presque insoutenable, il éprouva de la peine plutôt qu'un autre sentiment, il dut faire un effort violent sur lui-même pour ne pas rentrer, pour attendre qu'elle rentrât la première.

Le rêve de paix, d'amour, d'intimité douce, précieuse qu'il avait échafaudé autour de cette petite famille, dont il avait, par reflet, joui lui aussi, le rêve s'écroulait, puisque dans l'ombre, cette femme, furtive, s'accoudait pour un étranger à sa fenêtre... Mais cet étranger, n'était-ce pas lui ? Avant de rentrer, avant de refermer la croisée, elle murmura :

– Bonsoir !

Qu'avaient donc imaginé à son propos les deux autres femmes pour éveiller et enflammer de la sorte la curiosité de celle-ci ? Quelle étrange et puissante attraction avait exercé sur elle le mystère de sa vie close, puisque, dès la première fois, laissant là ses petits, elle était venue vers lui, comme pour lui tenir un peu compagnie ?

Oui, l'un en face de l'autre, quoiqu'il eussent tous deux évité de se regarder et simulé d'être à la fenêtre sans aucune intention précise, tous les deux, tous les deux – il en était sûr –

avaient vibré d'un même frisson d'attente, l'attente de l'inconnu, si près l'un de l'autre, éperdus de ce sortilège qui avait agi dans l'ombre. Quand, très tard, il referma sa fenêtre, il eut la certitude que le lendemain, une fois la lampe éteinte, elle se remettrait à la croisée, pour lui. Il en fut ainsi.

Depuis ce jour là, Tullio Buti n'attendit plus dans sa petite chambre la lumière de la maison d'en face ; il attendait avec impatience, au contraire, que cette lumière s'éteignît.

La passion de l'amour, qu'il ignorait, s'élança vorace, impitoyable dans le cœur de cet homme si longtemps retenu en marge de la vie ; elle s'empara de cette femme, la déracina, l'emporta comme en un tourbillon.

Le jour même où Buti quitta la petite chambre des Bianchi, éclata comme une bombe la nouvelle que la dame du 3e étage de la maison d'en face, Mme Masci, avait abandonné son mari et ses trois enfants.

La petite chambre qui, pendant quatre mois environ, avait logé Buti, demeura vide ; et durant de longues semaines demeura éteinte la pièce d'en face, où la petite famille, chaque soir, se réunissait pour souper.

Puis la lumière réapparut au-dessus de la table triste, autour de laquelle le père, écrasé par son malheur, regardait les visages consternés des trois bambins qui n'osaient pas tourner les yeux vers la porte, par où la mère entrait chaque soir avec la soupière qui fumait.

Cette lumière, réapparue au-dessus de la table triste, recommença alors à éclairer doucement la petite chambre d'en face, la chambre déserte.

Fallut-il que Tullio Buti et sa maîtresse s'en souvinssent, après quelques mois de leur cruelle folie ?

Un soir, les Bianchi épouvantées, virent apparaître, hors de lui, tout convulsé, leur étrange locataire. Que voulait-il ? la petite chambre, si elle n'était pas encore louée ! Non, pas pour lui, pas pour y habiter ! pour y venir une heure seulement, quelques minutes au moins, chaque soir, en cachette ! Ah ! par pitié, par pitié pour cette pauvre mère qui de loin, sans être vue, voulait revoir ses enfants ! Toutes les précautions seraient prises, ils se déguiseraient s'il le fallait ; ils profiteraient chaque soir d'un moment où l'escalier serait désert ; ils paieraient le double, le triple de location pour ces quelques minutes... !

Non, les Bianchi ne voulurent pas consentir ; seulement, jusqu'au jour où la chambre serait louée, elles permirent que de temps en temps... ah ! mais par exemple, à condition que personne ne le sût... de temps en temps.

Le lendemain, comme deux voleurs, ils vinrent. Ils entrèrent à bout de forces dans la nuit de la petite chambre, et attendirent que la lampe d'en face éveillât encore sa lueur d'aube.

De loin, comme cela, cette lumière devait les faire vivre.

La voilà, enfin !

Mais Tullio Buti ne put tout d'abord en soutenir la vue. Comme cette lumière lui paraissait glacée à présent, méfiante, mauvaise, spectrale ! Elle, au contraire, avec des sanglots qui râlaient dans la gorge, s'en désaltéra, avide ; elle se précipita vers la croisée, pressant avec force son mouchoir contre ses lèvres. Ses petits... ses petits... ses petits... là-bas... les voilà... à table, sans savoir...

Il s'élança, pour la soutenir, et tous les deux restèrent là, enlacés, cloués sur place, à guetter.

DESSUS ET DESSOUS[5]

---

5 *Sopra e sotto*. Première publication dans le *Corriere della serra*, 29 mars 1914 ; reprise dans le recueil *La trappola* (Le Piège), Milan, Treves, 1915 ; rassemblée dans *Novelle per un anno, La rallegrata* (*Nouvelles pour une année, La Courbette*), Florence, Bemporad, 1922, vol. III.

Ils étaient montés, par le petit escalier de bois sombre et rapide, sans parler, ni faire de bruit, furtivement. Le professeur Carmelo Sabato – trapu, gras et chauve – portant dans ses bras comme un poupon au maillot une grosse fiasque de vin. Le professeur Lamella, son ancien élève, avec deux bouteilles de bière, une dans chaque main.

Depuis plus d'une heure, sur la haute terrasse aménagée sur les toits, les cheminées parmi les tuyaux de poêle, les conduites d'eau, sous le scintillement massif et continu des étoiles innombrables qui trouaient le ciel sans dissiper les ténèbres de la nuit profonde, ils parlaient philosophie.

Et ils buvaient.

Le professeur Sabato, du vin ; du vin, jusqu'à en crever, que lui importait ! Le professeur Lamella, de la bière : il ne tenait pas à mourir.

Des maisons, des rues de la ville ne montait plus depuis longtemps, le moindre bruit. De temps à autre, seulement, un roulement de voiture au loin.

Le nuit était lourde et chaude ; le professeur Carmelo Sabato avait commencé par dénouer sa cravate et dégrafer son col, puis il avait déboutonné son gilet, ouvert sa chemise sur sa poitrine velue, enfin, malgré les objurgations de Lamella : « Mon cher maître, vous allez prendre mal », il avait quitté son veston et, non sans pousser de nombreux soupirs, l'avait plié, puis glissé sous son séant, pour être mieux assis sur la banquette basse de bois, les jambes écartées, étendues de part et d'autre d'un guéridon rustique, pourri par les pluies et le froid.

Il laissait aller sa grosse tête chauve et rasée ; sous les épais sourcils retombants, ses yeux troubles, striés de rouge étaient mi-clos, et il parlait d'une voix languissante, voilée, hésitante, comme un homme qui gémit en rêve :

– Mon petit Henri, mon cher petit Henri, disait-il, tu me fais du mal... Je t'assure : tu me fais du mal, beaucoup de mal...

Lamella, petit homme blond, maigre, bilieux, d'une nervosité extrême, était couché dans une sorte de hamac suspendu du côté de la tête à un anneau fixé au mur de la terrasse, du côté des pieds à deux tiges de fer fixées aux barreaux du parapet. En allongeant le bras, il pouvait atteindre la bouteille posée par terre : il empoignait presque toujours la bouteille déjà vidée, et il s'en irritait ; à la fin d'un revers de main, il l'envoya rouler sur le sol en pente, à la grande angoisse, à la terreur même du vieux professeur Sabato, qui se jeta à terre, à quatre pattes, et courut après la bouteille pour l'arrêter tout en geignant, d'un ton furieux :

– Je t'en prie... je t'en prie... es-tu fou ?... En bas, on va croire que c'est le tonnerre.

Quand il parlait, Lamella se contorsionnait, il ne pouvait demeurer en repos une minute, il se contractait, se détendait, lançait dans l'air des coups de poing, des coups de pied.

– Je suis bien persuadé que je vous fais du mal, mon cher maître, mais c'est exprès. Il faut que vous guérissiez ! Je veux vous relever ! Et je vous répète que vos idées sont démodées,

démodées, démodées... Réfléchissez-y bien et vous me donnerez raison !

– Mon petit Henri, mon cher petit Henri, ce ne sont pas des idées, implorait Sabato, de sa voix hésitante et plaintive. C'était peut-être des idées autrefois ! Aujourd'hui, c'est un sentiment, c'est un besoin chez moi, mon enfant : comme le vin... un besoin...

– Précisément, je vous démontre que c'est stupide, poursuivait l'autre. Je vous supprime le vin et je vous fais changer de sentiment.

– Tu me fais du mal...

– Je vous fais du bien ! Écoutez-moi. Vous dites : je regarde les étoiles, n'est-il pas vrai ?... Non, vous dites : *je contemple...* c'est plus noble. Donc : je contemple les étoiles, et je sens aussitôt notre infinie petitesse s'abîmer ! Vous entendez comme vous savez encore bien parler, cher maître ? Je me rappelle que vous avez toujours bien parlé, même quand vous faisiez vos cours. *S'abîmer* est très bien dit ! Que devient la terre, demandez-vous, l'homme, toutes nos gloires, toutes nos grandeurs ? N'est-ce pas ? C'est bien cela ?

Le professeur Sabato fit plusieurs fois oui de sa grosse tête rasée. Une de ses mains comme morte, était abandonnée sur le banc ; de l'autre, sous la chemise, il fourrageait dans la toison ursine de son poitrail.

Lamella reprit avec animation :

– Et cela vous semble sérieux, mon cher maître ? Pardon. Si l'homme peut comprendre et concevoir ainsi son infime petitesse, qu'est-ce que cela veut dire ? Cela veut dire qu'il comprend et conçoit l'infinie grandeur de l'univers ! Et dès lors, comment dire de l'homme qu'il est petit ?

– Petit... petit..., répétait le professeur Sabato et sa voix semblait venir de distances infinies.

Et Lamella, toujours plus en colère :

– Vous plaisantez ! Petit ? Mais il faut qu'il y ait en moi par force, comprenez-vous, quelque chose de cet infini. Sinon je n'en aurais pas la notion ; je n'en aurais pas plus la notion que, mettons, mon soulier ou mon chapeau. Quelque chose de cet infini, oui, qui si je fixe... comme cela... les yeux sur les étoiles, soudain s'ouvre, mon cher maître, s'ouvre et devient, comme rien, l'immensité des espaces où roulent des mondes, je dis bien : des mondes, dont je sens et comprends la formidable grandeur... Mais cette grandeur, à qui appartiendrait-elle ? À moi, mon cher maître ! Car c'est un sentiment qui vit en moi ! Dès lors, comment pouvez-vous dire que l'homme est petit, puisqu'il contient en lui tant de grandeur ?

Un cri soudain et curieux – zrrri – troua le silence profond qui avait suivi la dernière question de Lamella. Il sursauta :

– Comment ? Que dites-vous ?

Mais il vit le professeur Sabato immobile, comme mort, le front appuyé sur le rebord du guéridon.

Le cri d'une chauve-souris, sans doute.

Dans cette attitude, à plusieurs reprises, le professeur Carmelo Sabato, aux paroles de Lamella, avait gémi :

– Tu me tues... tu me tues...

Mais tout à coup, une idée l'illumina, il leva la tête avec colère et cria à son ancien élève :

– Ah ! c'est ainsi que tu raisonnes ? Tu t'arrêtes là ? Mais poursuis ton raisonnement, sacrédié ! Que signifie ce que tu racontes ? Cela signifie tout au plus que la grandeur de l'homme réside dans le sentiment de sa petitesse infinie ! Cela signifie que l'homme n'est grand que lorsqu'il se sent et se voit tout petit, au regard de l'infini, et qu'il n'est jamais aussi petit que lorsqu'il se croit grand ! Voilà ce que cela signifie ! Quel réconfort, quelle consolation peux-tu tirer de là, du fait de savoir que l'homme est ici-bas condamné à ce désespoir atroce : voir grand ce qui est petit – toutes les choses de la terre, et voit petit ce qui est grand – les étoiles ?

Il saisit furieusement la fiasque et engloutit deux verres de vin, l'un sur l'autre, comme s'il les avait bien mérités et avait acquis le droit incontestable de les avaler, après ce qu'il venait de dire.

– Quel rapport y a-t-il ? Qu'est-ce que cela a à voir dans la question ? criait Lamella, les jambes hors du hamac, gesticulant des pieds autant que des bras, comme s'il voulait s'élancer sur le professeur, – Réconfort ? Consolation ? C'est cela que vous cherchez, je le sais ! Vous avez besoin de vous voir, de vous savoir petit...

– Petit, parfaitement... Petit, petit...

– Petit, au milieu de petitesses et de mesquineries...

– Oui... parfaitement...

– Logé sur un atome infinitésimal de l'espace, n'est-ce-pas ?

– Oui, oui… infinitésimal…

– Mais pourquoi ? Pour continuer impunément à vous abrutir, à pourrir sur place !

Le professeur Sabato ne répondit pas : il avait de nouveau porté à la bouche son verre, qui déjà lui tremblait dans la main. Il fit signe que oui, de sa grosse tête, sans cesser de boire.

– N'avez-vous pas honte ! n'avez-vous pas honte ! hurla Lamella. Si la vie a en soi, si l'homme a en soi le malheur que vous prétendez, à nous de la supporter noblement. Les étoiles sont grandes, je suis petit, et par conséquent, je me saoûle, n'est-ce-pas ? Voilà votre logique ! Mais les étoiles sont petites, entendez-vous, petites, si vous ne les concevez pas grandes : c'est donc en vous que résident la grandeur et la mesure de la grandeur ! Et si vous êtes assez grand pour concevoir grandes les choses qui sont en apparence petites, comme les étoiles, pourquoi voulez-vous voir petites et mesquines les choses qui paraissent à tous grandes et glorieuses ? Qui paraissent et qui sont telles, mon cher maître ! Non, il n'est pas petit, comme vous le croyez, l'homme qui les a faites, l'homme qui a ici, dans sa poitrine, en lui, la grandeur des étoiles, cet infini, cette éternité des cieux, l'âme de l'univers immortel… Que faites-vous ? Ah ! vous pleurez ? Je comprends vous êtes déjà saoûl, mon cher maître !

Lamella sauta du hamac et se pencha sur le professeur Sabato, appuyé au mur, tout secoué par les sanglots qu'il semblait éructer, par les hoquets qui l'un après l'autre, lui montaient du fond des entrailles, puant le vin.

– Assez, assez, bon Dieu ! lui criait Lamella. Vous me mettez en rage, parce que vous me faites pitié. Un homme de votre intelligence, de votre savoir, se ravaler à ce point, quelle honte !

Vous avez une âme, une âme, une âme... Je me la rappelle votre âme, toute noble, enflammée pour le bien, oui, je me la rappelle.

– Je t'en prie, je t'en prie..., gémissait, implorait le professeur Carmelo Sabato, mon petit Henri, mon cher petit Henri... je t'en prie, ne me dis pas que j'ai une âme immortelle. Hors de moi, hors de moi ! Voilà, oui, voilà ce que je dis : cette âme immortelle, elle est hors de nous... Tu peux la respirer toi, tu n'es pas encore corrompu... Tu la respires comme l'air et tu la sens en toi... certains jours plus, certains jours moins... Voilà ce que je dis ! Elle est hors de nous... Par pitié, laisse-la dehors, l'âme immortelle. Moi, je n'en veux pas, non... Je me suis corrompu exprès pour ne plus la respirer... Je me remplis de vin, parce que je ne la veux plus, je ne veux plus la sentir en moi... Je vous la laisse... Sentez-la en vous... Moi, je n'en peux plus, je n'en peux plus...

À ce moment, une voix douce appela du fond de la terrasse :

– Monsieur...

Lamella se retourna. Dans l'encadrement noir de la petite porte les larges ailes de la cornette d'une sœur de charité mettaient une tache blanche.

Le jeune professeur accourut, parla à voix basse à la sœur, puis tous deux s'approchèrent doucement de l'ivrogne et le prirent chacun par un bras pour le mettre debout.

Le professeur Carmelo Sabato, la chemise ouverte, la tête branlante, le visage inondé de pleurs, considérait Lamella, puis la sœur, surpris, abasourdi par ces soins silencieux ; sans souffler mot, il se laissa emmener tout titubant.

La descente de l'escalier de bois sombre, étroit et rapide fut malaisée. Lamella marchait devant soutenant presque tout le poids de cette masse qui s'abandonnait ; la sœur, par derrière, se courbait pour retenir la charge de toute la force de ses deux bras.

Enfin, en le tenant sous les aisselles, ils l'introduisirent, après avoir traversé deux petites pièces sombres, dans la chambre du fond, éclairée par deux cierges qu'on venait d'allumer sur les deux tables de nuit qui flanquaient le grand lit à deux places.

Raide, les bras croisés, le cadavre de sa femme, était étendu sur le lit. Le visage était dur, hargneux, rendu plus livide encore par le reflet des cierges sur le plafond bas et pesant de la chambre.

Une deuxième sœur priait agenouillée, les mains jointes, au pied du lit.

Le professeur Carmelo Sabato, encore soutenu par les aisselles, haletant, regarda un moment la morte, atterré, en silence. Puis il se tourna vers Lamella comme pour lui poser une question :

– Ah ?

La sœur, sans colère, avec une humilité triste et patiente, lui fit signe de se mettre à genoux, comme elle.

– L'âme, ah ? finit par dire Sabato, en frissonnant, l'âme immortelle, ah ?

– Monsieur, supplia l'autre sœur qui était plus âgée.

– Ah ? oui, oui... tout de suite, prononça avec épouvante, le professeur Carmelo Sabato, en laissant glisser non sans peine à genoux.

Il tomba, la face contre terre et demeura ainsi un moment, se frappant du poing la poitrine. Mais soudain, sa bouche à ras du sol émit sur un ton suraigu et confus à la fois, le refrain d'une chanson française : « Mets-la dans l'trou, mets-la dans l'trou... » que suivit un ricanement : hi, hi, hi, hi...

Les deux sœurs se retournèrent, en proie à l'horreur ; Lamella se baissa aussitôt pour l'arracher de terre et le traîner dans la salle à côté ; il l'assit sur une chaise et le secoua brutalement, longtemps, en lui ordonnant :

– Silence ! Silence !

– Oui, l'âme, disait l'ivrogne en haletant, elle aussi... l'âme... l'immensité... l'immensité des espaces... où roulent des mondes, des mondes...

– Silence, continuait à lui crier Lamella d'une voix étouffée, en le secouant, silence...

Sabato, alors, essaya de se mettre debout pour protester contre la violence qu'on lui faisait ; il ne put pas ; il leva un bras, en criant :

– Deux filles... celle-là... elle m'a jeté deux filles à la perdition... deux filles !

Les sœurs accoururent, le conjurant de se calmer, de se taire, de pardonner ; il se reprit de nouveau, commença à faire oui, oui de la tête, essayant de pleurer ; ses pleurs éclatèrent enfin, d'abord accompagnés d'un râle de sa gorge serrée, puis de lourds sanglots. Peu à peu, sur l'exhortation des sœurs, il se calma ; et, sans plus penser qu'il avait laissé son veston sur la terrasse, il commença à fouiller les poches inexistantes de sa chemise.

– Que cherchez-vous ? lui demanda Lamella.

Fixant d'un regard égaré les deux sœurs et son ancien élève, il répondit :

– Elles m'ont écrit... toutes les deux... Elles voulaient voir leur mère... Elles m'ont écrit...

Il ferma à demi les yeux et renifla longuement, avec délices, en s'accompagnant d'un geste expressif de la main :

– Quel parfum... quel parfum... Laurette écrit de Turin... l'autre de Gênes...

Il étendit une main et prit le bras de Lamella.

– Celle que tu voulais épouser... Lamella, mortifié devant les deux sœurs, se rembrunit.

– Jeannette... Nénette, oui... C'est maintenant Célie... Ah ! Ah ! Ah !... Célie Bouton... Tu voulais l'épouser.

– Taisez-vous, taisez-vous ! gronda Lamella, grimaçant de colère et d'indignation.

De peur, Sabato enfonça sa tête dans les épaules, mais, il regardait en dessous d'un air malin son ancien élève :

– Tu as raison, oui, bien raison... Mon petit Henri, ne me fais pas de mal... Tu as raison... Tu l'as entendue à l'Olympia ? « Mets-la dans l'trou, mets-la dans l'trou... »

Les deux sœurs levèrent les mains comme pour se boucher les oreilles, le visage rempli de commisération ; elles rentrèrent dans la chambre de la défunte dont elles fermèrent la porte.

Agenouillées de nouveau au pied du lit, elles entendirent longtemps la querelle des deux hommes demeurés dans l'obscurité.

– Je vous défends de rappeler cela, criait le jeune homme.

– Va regarder les étoiles... va regarder les étoiles, disait l'autre.

– Vous êtes un bouffon !

– Oui... et tu ne sais pas ? Nénette m'a... m'a aussi envoyé un peu d'argent... et je ne lui ai pas renvoyé, ah ! mais non ! pas de danger ! Je suis allé à la poste toucher le mandat et...

– Et ?...

– Et avec, j'ai acheté de la bière pour toi, idéaliste...

FIN